一私小説書きの日乗

憤怒の章

西村賢太

角川文庫
23185

目次

平成二十四年　五月二十八日（月）

午後三時起床。

今朝方終わった、『文學界』七月号用短篇のゲラに追加疑問が出てないかと心配になったが、幸いその旨の連絡は来ていない。

ひと安心して、入浴。

夜、買淫。

帰路にて喜多方ラーメン大盛り。もうそろそろ熱々《あつあつ》の麺は、きつい季節になってきた。

深更、晩酌。缶ビール一本、宝焼酎『純』一本。

手製のウインナー炒めと、焼鳥の缶詰。納豆二パック。

最後に、カップ焼きそばを食べて寝る。

五月二十九日（火）

藤澤清造月命日。

十一時半起床。入浴。

アマゾン内の、イースト・プレスによるウェブ文芸誌『マトグロッソ』へ、最終回となる「一私小説書きの日乗」の稿を送る。

一年二箇月の間の、週一更新、計六十一回に及んだ連載であった。

次週より、文藝春秋のサイト内にての連載となるが、とあれ当初の約束期間、プラス延長の二箇月を、何んとか果たせてよかった。

夕方、些か不快なことあり。

夜、お蕎麦を食べにゆき、帰ってポストを覗くと、稲垣潤一氏の所属事務所より、氏の来月発売されるニューアルバムの見本が贈られている。

今回の『ある恋の物語』は、一九二〇〜六〇年代の洋楽のスタンダードナンバー十一曲を、氏が日本語でカバーしているもの。共演者も豪華。ジャケットも実に格好が良い。

早速に聴いたら、氏の変わらぬシルキーボイスのおかげで、先程の不快な気分が忽ちに雲散する。

で、気分よく仕事に取りかかる。

『野性時代』の連載エッセイ、「一私小説書きの独語」第十一回。

深更、缶ビール一本、宝三分の二本。

手製の肉野菜炒めと、レトルトのビーフシチュー。

最後にサッポロ一番の「塩」を茹でて食してから、就寝。

五月三十日（水）

午後一時起床。入浴。のち二時間弱、サウナ。

夜七時、王子駅前の半平で、文藝春秋出版局の大川氏と打ち合わせ。

ウーロンハイ、焼鳥、お刺身、キツネ揚げ、タン塩等。最後に、上にぎり寿司。

十時半、真っすぐ帰宅したのち少し眠り、明け方「独語」を書き終えて、ファクシミリにて送稿。

すっかり明るくなった中で、宝三分の二本。魚肉ソーセージとツナ缶。

カップの即席あさり汁を二杯飲んで、就寝。

五月三十一日（木）

午後一時半起床。入浴。のち二時間弱、サウナ。

帰宅してみると、高田文夫事務所からのファクシミリ。

入院中である高田文夫先生の、自分宛のメッセージが付されている。

大きな安堵。と、同時の感涙。自分ごときが言うのは何んともおこがましいことだが、今はどうかゆっくりと療養して頂き、そして一日も早く、またあの洒脱な毒舌を聞かして頂きたい。

先週届いていた新刊、『随筆集　一日《いちじつ》』の見本の封をようやく開く。遅れていた『文學界』の短篇が終わるまでは、気持ちが浮わつくのを恐れて見ることを控えていたもの。

内容はともかく（では、いけないのだが）、カバーの装画と紙質がやはり素晴らしい。

実のところ、今回カバーに使用したこの渋い光沢を放つ紙は、同じく文藝春秋刊の石原慎太郎氏の小説集、『生死刻々』（二〇〇九年）と同一のものなのである。

これも全くおこがましい話だが、氏の該書のたたずまいに何んとも痺れた自分は、内容が伴わないのは百も承知で、同じ紙でのカバーを希望したものである。が、はなこれは些か値が張るとのことで、実現は不可能な様子であったものの、その後担当の方の粘りで、何んとか設定定価内にて刊行することができたものだった。

自著の中では、一昨年の『人もいない春』（角川書店）に次いでの数少ない角背本。

深更、これを眺めつつ缶ビール一本、宝一本。

六月一日（金）

十一時半起床。入浴。

夕方六時到着を目指し、新潮社へ。

『ブルータス』誌での、ミュージシャン、志磨遼平氏との対談。

氏が新結成したバンド、ドレスコーズのデビュー曲が、映画『苦役列車』の主題歌となるらしい。

この映画自体は、殆ど観る価値のない、どうしようもないものだと自分は思っているが、主題歌に使わせてもらったらしい、その「Trash」と云う曲は素晴らしかった。志磨氏は大変な文学好きらしく、その発言は一語一語、思考のフィルターを通されている感じなのが実に好もしい印象である。

自分の原作をちゃんと読んで下すっているのも、有難かった。

七時に終了。

引き続き大会議室にて、映像部を中心に、各部署を交じえた打ち合わせ。

八時半、手が空いたらしい『新潮』誌の田畑、出版部の桜井、文庫の古浦氏の、自分が直接担当してもらっている編輯者と共に四谷三丁目へ。

焼肉を鱈腹食べる。一軒のみにて解散。

帰宅後、昭和五十二年の毎日放送『横溝正史シリーズ』より、「三つ首塔」のDVDを観返しつつ、宝三分の二本。

六月四日（月）

十一時半起床。入浴。のち二時間弱、サウナ。

夜、『小説現代』誌連載エッセイ、「東京者がたり」の第六回を書く。

今回は〝上野〟篇だが、映画「苦役列車」の、自分から見たところの不快ポイントを少し書いたら、アッと云う間に一話分埋まってしまった。

なのでこの〝上野〟篇は、来月と分けて前後二回とする。後篇が本題。

ファクシミリにて送稿後、久方ぶりに「信濃路」へ出ばって飲酒。

ウーロンハイ五杯、肉野菜炒め、ワンタン、シャケの塩焼き。最後にカレーそばとライス。

映画では、ここで貫多が寂しく飲食していたが（わざわざこの店を使ったと云う、この、変に人の私生活を採り入れた点も、また不快）、実際の貫多も、二十五年経った今も相変わらず同じことをやっている。

六月五日（火）

午後一時起床。入浴。

夕方六時到着を目指し、新潮社へ。

『キネマ旬報』次号でのインタビュー取材。

七時過ぎに終了。

「新潮」誌の田畑氏、文庫の古浦氏と共に鶴巻町の「砂場」に寄り、ウーロンハイ、お刺身、もつ煮込み、砂肝炒め、冷やしトマト等。最後に自分と田畑氏は冷やし中華、古浦氏は例によって、せいろ一枚。

古浦氏、日曜日のサッカー遊戯中に転倒し、鎖骨を折ったとのこと。吊るした右腕は手術を控えているそうな。痛々しきことこの上なし。その不運は、「我欲による天罰」と云うことで話が落ち着く。

一軒のみにて解散。

帰宅後、先日初DVD化された昭和五十二年のATG映画、「不連続殺人事件」を眺めながら、宝三分の二本。

六月六日（水）

九時半起床。入浴。

十一時半過ぎに室を出て、半蔵門に向かう。

午後十二時半より、テリー伊藤氏と対談。『週刊アサヒ芸能』誌の、テリー氏連載対談のゲストに呼んでいただいたもの。

氏とお会いするのは、昨年四月にBS11で氏がMCをつとめられている番組の、その第一回目のゲストに呼んで頂いて以来、二度目のことになる。

テリー氏が大ウケして下さることをいいことに、さんざ映画版「苦役」に関する悪《あっ》口《こう》を述べたが、当然、これは記事では殆ど使われまい。

終了後、地下鉄で神保町にゆき、古書店を廻って時間を潰す。

午後五時前に、徒歩にて九段に向かい、武道館の西側入口で、共同通信の記者の方と合流。

同通信への観覧記寄稿の用向きで、ＡＫＢ総選挙と云うのを見る。

九時過ぎに、一位発表と同時に会場を出る。

飯田橋で味噌ラーメンをすすってから帰宅。

深更、缶ビール一本、宝一本弱をオリジンで購《もと》めた鳥の唐揚げとトマトのサラダ、生姜焼き弁当、豚汁二杯にて飲む。

六月七日（木）

十一時半起床。入浴。

『文學界』七月号届く。短篇「脳中の冥路」掲載号。

夜、十条でチャーシューメンをすすったのち、スーパーで食料の買い出し。

帰宅後、『週刊文春』での、「日活ロマンポルノ女優」特集の原稿三枚を書いて送稿。

深更、缶ビール一本、宝一本。

手製のベーコンエッグ三つと、レトルトのカレー、白身のお刺身。

最後に、カップヌードルのキングサイズと云うのを食べるが、些か持て余して二、三口分残す。

六月八日（金）

十一時半起床。入浴。

夜、一昨日の武道館の観覧記「非有権者の感想」三枚半を書く。

引き続き、JTの広告エッセイ「喫煙室」用の二枚弱を二本書く。

六月九日（土）

午後一時起床。入浴。

夕方五時、フジテレビ本社へ。同社屋内の喫茶店で、来週ロケ撮影のある東海テレビでの番組スタッフとの打ち合わせ。

終了後、「お台場ヴィーナスフォート」に移動し、稲垣潤一氏のカバーアルバム発売記念のイベントに参加。

僭越にも、トークゲストとして氏とお話をさせて頂ける栄に浴す。

お会いさせて頂くのはこれが三度目となるが、やはり緊張なしでは向き合えぬ、眩しき存在。

今回もまた、直前まで仙台でプロモーション活動をしておられ、お疲れであるはずの氏に対し、アルバム二種（此度の『ある恋の物語』の限定盤、通常盤）と、その宣伝ポスターにサインを所望してしまう。

今年に入って、最良のひととき。

六月十一日（月）

十一時半起床。入浴。

午後六時、新潮社に赴き、映画絡みの雑用一束。

終了後、『新潮』誌の田畑氏と、この日は珍しく、互いに天敵たる矢野編輯長も加わって、四谷三丁目で焼肉。

十一時過ぎに、一軒のみにて解散。

六月十二日（火）

十一時半起床。入浴。

午後六時、王子駅前のホール「北とぴあ」へ。

『週刊現代』の企画で、六角精児氏との対談。

同ホール会議室で写真撮影ののち、近くのモツ焼き屋に移動して、一杯やりながらお話しさして頂く。

決して読書家ではない、と云うわりに、藤澤清造の作品をも読んでおられる奥床しい人物。

氏は明日もロケ撮影がありながら、遅い時間まで付き合って下さる。

携帯メールのアドレスを交換し合い、再会を約す。

午前零時前に帰宅。

二時間程リビングの床に寝そべって酔いを覚ましたのち、改めて晩酌。

宝三分の一本を、チーズ入りの竹輪一パックとカップのあさり汁二杯で飲んでから、寝る。

六月十三日(水)

十一時半起床。入浴。

午後四時半、室を出てテレビ朝日本社に向から。

クイズ番組の収録。*同番組への出演は、これが三度目となる。ツメ襟の学生服が、この時期になるとさすがに暑い。

夜九時前に終了。

味噌ラーメンを食べてから帰宅後、映画「苦役列車」劇場用パンフレットへの一文、二枚を書く。

繰り返して云うが、自分はこの〝中途半端に陳腐な青春ムービー〟を、金を払ってまで観ようとは思わない。そのうちテレビで放映された折にでも(尤も、R15指定だから深夜帯でしか放映されまいが)、ながら見すれば充分に事たりる。

だが、これをわざわざ金を払って観にくる者も、少なからずはいるであろう。そしてその内の、ごくひと握りは、自分の原作を気に入って下すって、それで足を運ぼうと云うかたもおられるはずである。

今回の一文はその少数のかたたちだけに向け、原作たる拙作の成立について記した。

六月十四日(木)

十時半起床。入浴。

先週こなした『週刊文春』とJT広告寄稿の一文、及び『ブルータス』、『週刊アサヒ芸能』での対談、計四種のゲラを訂正してファクシミリにて返送後、室を出る。

東京駅へゆき、夕方五時十分発の〝のぞみ〟で名古屋に向かう。

＊「Qさま!!」7月16日放送

東海テレビの、深夜のバラエティー特番のロケ収録＊。

中京地方でしか放映されぬらしいが、お笑いタレント、グラビアアイドルらと名古屋を飲み歩くと云うもの。

収録は夜九時頃に終了。その後、打ち上げに参加。

十二時に終了。その後は店を変えて、数名の出演者、スタッフのかたと共に二時半まで飲ませて頂く。

六月十五日（金）

朝九時、名古屋の宿で起床。

十時過ぎにチェックアウトし、名古屋駅のホームできしめんを一杯すすって真っ直ぐ帰京、帰宅。

新潮文庫の古浦氏より、文庫版『苦役列車』三刷の知らせ。

一回の刷り部数が、かつて自分が経験したことのない程に多いので、印税の胸算用も、ついつい楽しきものになる。

午後五時前に改めて室を出て、紀尾井町の文藝春秋へ。

『日経エンタテインメント！』八月号用のインタビュー取材。本の特集頁での、純文学関連の項に使用するとの由。

終了後、出版局の大川氏と近くの小料理屋で一杯飲む。『文學界』、誰も姿を見せず。勢いが止まると冷たいものだ。

生ビールとウーロンハイ、ハマチとタコの刺身、車子、まぐろ串焼、豚のアスパラ巻、ニラの卵とじ等ご馳走になり、夜九時に解散。

真っすぐ帰宅後、リビングの床でうとうと眠る。

途中で目覚めたが、もう今日は早寝することに決めてそのまま寝室に移動し、万年床にもぐり込む。

六月十八日（月）

午後一時起床。入浴。のち、二時間弱サウナ。

数日前に届いていた『野性時代』七月号を開く。

連載随筆「一私小説書きの独語」第十一回目の掲載号。で、自分のところをざっと目を通した流れで、十二回目を書きだす。

冒頭、アパートを最初に追いだされたときの回想で、自然と映画「苦役列車」の不
＊「有吉弘行のへベレケ」7月22日放送

出来さに、またぞろ触れざるを得なくなった。

深更、『文藝春秋』八月号用の、〈この人の月間日記〉を書きだす。

朝六時にやめ、飲酒開始。

缶ビール一本と宝三分の二本を、焼肉（先日、上原善広氏から頂いた、霜降り牛肉二キロを冷凍保存しておいたもの。以前にもふれたが、大宅ノンフィクション賞の硬骨の作家、上原氏の大阪の実家は精肉店である）で飲む。

六月十九日（火）

午後二時起床。入浴。

夕方、例によって新潮社に赴く。

映画絡みでの、『テレビブロス』誌のインタビュー。

これも例によって、映画「苦役列車」の不満点を述べ立てる。記者とライター氏が大ウケしてくれるので、甚だ気分良し。

先にテリー伊藤氏との対談の中でも言った通り、或る意味、こんなのは逆宣伝の為にやっている。

低予算で宣伝費も少ないとお嘆きの制作サイドの為、原作者によるネガティブ・キャンペーンを張り、もって逆方向から映画への集客、高評効果に寄与せしめんとの意図があってのことだ。原作者たる者、ただ褒めるばかりが能でもあるまいし、むしろ貶して客の興味を引くぐらいの、繊細な芸を発揮すべきであろう。

但《ただし》、これはあくまでも、そしてどこまでも自分自身の為にである。高評を得れば、それだけ原作文庫の洛陽の紙価を高めるし、DVDのセールも伸びるであろう。DVDに関しては、映画の原作料とはまた別に、二次使用料としてこちらの懐に新たな利益をもたらしてくれるのである。

だからこの映画には、自分としては大いにヒットしてもらいたい。そして、うんと観客からの喝采を浴び、もって当方の遊興費への還元となってほしい。

尤も、一方でこの映画が自分の目から見て、どうしようもなくつまらないことは事実である。

陰ながらヒット祈願をしつつ、自分なら同じ時間と料金を費消するのであれば、「海猿」乃至《ないし》「ヘルタースケルター」を観にゆく。

終了後、一昨日に電話で口論となって、クビを言い渡しておいた田畑氏の件につき、『新潮』の矢野編輯長と話し合う。一応、先方の反省の意を汲み、此度も和解することで決着。この四年間で、六度目か七度目かとなる和解。

田畑氏現われ、仕方なく鶴巻町の「砂場」に寄って、共にウーロンハイを飲む、もつ煮込み、ウインナーポテト、板わさ、竹輪の磯辺揚げ等をつまみ、最後に冷やしきつねそばとカツカレーを御馳走になり、手打ち完了とする。

六月二十日（水）

十一時半起床。入浴。

深更、『新潮』八月号用の随筆を書き始める。

まるまる映画のことに関して。

はな、タイトルを「リアル貫多、映画を観て失笑す」とするも、思い直して「結句、慊《あきたりな》い」に変更。

六月二十一日（木）

午後一時起床。入浴。のち二時間弱サウナ。

夜、六時半に室を出て西新宿へ。

『en-taxi』誌での対談。

この対談、特に連載する話があったわけでもないのだが、これで連続四回目となり、何んだかすっかり自分の持ち枠的な扱いになっている。

で、今回お相手をお願いしたのは、自分と同期に直木賞の方を受賞された、木内昇氏である。

同年齢で、同じく東京生まれの東京育ち。そしてデビュー年も同じなら、共に新人賞を経てきてはいないと云う点も似通っている。

同席した田中陽子編輯長も実は木内氏のファンであったことが対談の途中で図らずも知れて、何がなし意外な感がした。

三時間程、ゆっくりお話しさして頂く。

帰宅後、『文藝春秋』誌の方の日記原稿の続きを進める。

六月二十二日（金）

『新潮』誌の随筆、七枚にて終了し、ファクシミリで送稿。

引き続き、『文藝春秋』の日記、二十一枚にて終了、送稿。共に今日の朝までが締切であったもの。

『文藝春秋』の方にも、やや長文で映画「苦役列車」について苦言を呈したが、今週は何んだかその件に関することばかり書き、喋ったので、益々この映画自体に食傷する一方となった。

が、必要に応じて、その点についてはまだまだ書くつもりである。それが〝貫多〟流の、せめてもの宣伝協力活動だ。

六月二十五日（月）

午後一時起床。入浴。

先週末に届いていた、『小説現代』七月号を開く。連載エッセイ「東京者がたり」第六回掲載号。まるまる映画「苦役列車」への苦言。読み返してたら、また失笑が湧いてきた。

で、そのまま『文藝春秋』八月号用の、〈この人の月間日記〉、及び『新潮』八月号用の随筆のゲラに修正を入れるが、いずれもやはり映画への不快感をメインに記しているので、尚と面白くなってくる。

が、その感情は感情として、訂正はつとめて虚心坦懐に行なう。

夜、十条駅前にて、つけ麵。初めて入った店だが、卓上のメニューを眺めると同時、ここが王子駅前の店と同系列のものであることを知る。肉つけ麵の中盛りを食べる。

帰宅後、藤沢周氏の新刊『武曲』（文藝春秋）を三分の二まで読む。大作。

深更、昨日入手したメディコム・トイの金田一耕助フィギュアを眺めつつ、宝一本。付属品のトランクを左手に持たせ、右手は後頭部を掻くかたちのポージングを取らせてテーブル上に置き、一人悦に入る。

六月二十六日（火）

午後一時起床。入浴。
藤沢周氏の『武曲』読み終える。面白かった。
映画関連の印刷物数種、自分に直接関係のある個所のみ校正して返送。
深更、缶ビール一本、宝三分の二強。
パック詰めの、国産ウナギの蒲焼きと、これまたパック詰めの白菜のお漬物で飲む。
最後に、マルちゃんの袋入り天ぷらそばをすすって、寝る。

六月二十七日（水）

十一時起床。入浴。
知人上京。夕方から合流し、浅草にて寄席を聞き、バッティングセンターに寄ったのち、鮨を食べる。

六月二十八日（木）

十一時半起床。入浴。

昨日の知人とまた夕方から合流し、東京ドームで日本ハム対楽天戦のナイターを観る。

そののち、鶯谷まで出ばって「信濃路」で一献。

「信濃路」の店長、この日は不在であったが拙著五冊を買い置いてくれており、店員のかたを通じてそれへの署名を求められる。

無論、喜んで応じたが、十五歳の頃よりここで深夜に一人ポソポソと百七十円のたぬきそばをすすっていた身には、些か感無量の思いがあった。

生ビールにウーロンハイ、肉野菜炒め、ウインナー揚げ、鰯フライ、ワンタン等を飲み食いし、最後に、冷やしそうめん。

署名のお礼とのことで、何んとこの日は会計を、ロハにしてくれる。

六月二十九日（金）

午後一時起床。入浴。

新潮文庫『苦役列車』三刷の見本が届く。この版から帯のデザインが変更される。

夜六時過ぎに室を出て、虎ノ門のホテルオークラ別館に向かう。

新潮三賞の、パーティーの方のみに出席。

終了後、『新潮』誌の田畑氏、文庫の古浦氏と共に、四谷三丁目へ。

レバ刺しを食べさせる、最近よく行く焼肉店を目当てにしたのだが、この日はその提供が終了する間際と云うこともあり、すでに予約客で一杯の状況。皆、考えることは同じのようだ。

四組待ちと云うことで、一応五組目として申し込んでから、それの提供のない「叙々苑」他、付近の焼肉店をいくつか当たるも、どこも一杯。いずれにも予約は入れておく。

焼肉難民となり、四谷三丁目のバス停辺りでなす術もなくボンヤリ佇み、各店からの連絡を待つ。

一時間強後、はな目当てにした店より空席出来の電話がくる。僥倖。

喜び勇んで上がり込む。

が、レバ刺しは一卓につき一皿までに制限され、仕方なく八枚ついてるのを一人二枚ずつ確保の上、残り二枚はジャンケンにて口にする者を決める。

結果、一回目の勝負で自分のみが敗退。即ち、田畑、古浦氏がそれぞれ三枚を食し、自分はたった一切れのみ、口に入れるを許される次第となる。

平生、かようなことでは運を使わぬからこそ芥川賞を獲れた、なぞ負け惜しみを述べ、かの余剰の一枚へ箸を伸ばしかけようとする両氏を、その都度、「編輯者って、作家あってのもののはずだよね」との卑劣な嫌味でもって牽制し、これをしつこく繰り返して、しまいには温厚な古浦氏を軽くキレさせる。

両人も、さぞかしその美味しさが何割か減になったに違いあるまい。

他に上タン塩、華カルビ、ハラミ、鶏モモ、海鮮焼きを食べ、馬肉のユッケを各々一人前ずつ抱えこみ、キムチやチャンジャ、ニンニク揚げ等をつまむ。最後に冷麵をすすって(古浦氏は、その一人前の半量サイズのもの)、解散す。

七月二日(月)

十一時半起床。入浴。

新潮社に連絡し、映画「苦役列車」の鑑賞券三十枚を手配してもらう。

すでに二十枚は無料で入手していたが、それ以上は購入して欲しいとのことで、これは無論異議もなし。

ここ最近になって、ゆく先々で映画のことを話題に出される。それを出す方は、あくまでも作者たる私への〝エチケット〟として、かの話柄を持ちだすらしい。

そして更に〝エチケット〟として、封切られたら絶対に観にいきます、との言葉を添えても下さる。

かような〝エチケット〟に対しては、〝エチケット〟でもって応えたくなるのが人情と云うものだ。

こう見えて私は、根がかなりの〝エチケット〟尊重主義にできている。なればそうした善意の人たちに、あの糞つまらぬ映画を観る為にわざわざ金を使わせてしまうのが忍びなく、それだったらこちらで自腹を切って鑑賞券を配り歩くのが、この際はベスト〝エチケット〟にもなるであろう。

何、どうで「苦役」の文庫の方は、幸いかなり売れ行きがいいし、このあとはそれに加えてたんまり原作料と二次使用料が入る予定だから、鑑賞券の三十枚ぐらい全く痛手にもならぬのである。

夜、買淫。

帰路、冷やし喜多方ラーメン大盛り。

帰宅後、木内昇氏の『笑い三年、泣き三月。』（文藝春秋）を読む。味わい深し。

七月三日（火）

十一時半起床。入浴。

夕方、例によって新潮社へ。

『東京スポーツ』紙のインタビュー。『東スポ』、映画「苦役」のスポンサーの一社に参入してくれたらしい。同社は映画賞も主催している。何がなし、同社の江幡社長と高橋三千綱氏に申し訳ない気分になる。

が、インタビューは自分なりの感想をそのまま述べる。媒体が媒体だけに、逆宣伝による宣伝効果も大いにあるものと踏んでのこと。

終了後、『新潮』誌の田畑氏と、次の中篇小説の打ち合わせ。が、期日の件で揉め事が起こる。

途中より、矢野編輯長も話に加わる。

夜九時過ぎ、食事の誘いもタクシーチケットも断わり、憤然と同社を出て真っすぐ帰宅。

深更、考えた末に、ファクシミリで田畑氏にクビを通告する。

七月四日（水）

十一時半起床。入浴。のち、二時間弱サウナ。

夜七時、四谷三丁目の焼肉店で、『文學界』との打ち合わせ。同誌の森氏の他、丹羽氏、田中光子編輯長と、出版局の大川氏。

九時半に店を出て、大川氏とはそこで別れ、残ったメンバーで「風花」にゆく。

先日持っていった、映画「苦役」の大判ポスターを、ちゃんと店内に掲示してくれている。

ママと店の女の子用に鑑賞券を進呈することを約し、一時過ぎに早々と解散す。

七月五日（木）

午後十二時半起床。入浴。

田畑氏から何も音沙汰ないので、苛立ちを覚える。

深更、シビレを切らし、再度ファクシミリを矢野編輯長宛に送付。

七月六日（金）

十一時半起床。

矢野編輯長から、実に誠意のある返信ファクシミリが明け方に届いていた。

同編輯長と自分との確執は、七年前のデビュー直後から始まり、一時は「風花」のボトルに、これ見よがしに〝矢野殺す〟なぞ書きつけ（これは犯罪に当たるが）、それを棚の前面へ常に並べ置くようママに強要する（これも犯罪だが）程険悪な関係になっていたが、しかしこの人は小説に関することだけは、あれで妙に誠実なところがある。必ずしも小説に対してフェアであるとまでは云えないが、現今の文芸誌でただ一誌、『新潮』だけは自分を一度も干したことがない事実をもってしても、やはりこの編輯長は多方の評判通りに、底知れぬ怖さを持っている人物ではある。

今日と明日の夕方まで関西に出張するとのことで、戻り次第の面会予定を入れて頂く。

夜、着手が遅れに遅れた『小説現代』誌の連載エッセイ、「東京者がたり」の第七回を書きだす。

七月七日（土）

十一時半起床。入浴。

『東スポ』をコンビニで購入。先日のインタビューの掲載号。

案の定、映画に対する自分の感想はまるまる脱落している。が、これは同紙も出資社に加わり、映画賞も主催している以上は致し方があるまい。

別段、自分はこの、映画「苦役列車」に恨みがあるわけではない（当たり前なことだが）。ただ自分にはつまらなかったから、その感想を場所を選んで述べているだけの話だ。

原作者としてではなく、一観客としてひどくつまらなかったのである。

二時間近く、ラストまで眺めていること自体が、なかなかの苦役列車での道行きであった。

それにつけてもこのムービー、タダ見の御用評論家や仲間うちばかりのことでなく、やはり自分のような〝素人〟をも十全に堪能さして頂きたいものである。

〝プロ〟の映画作成者、及び社を自称するのであるのなら、ば。

夕方六時過ぎに改めて室を出て、新潮社に向かう。

十分程遅れたが、矢野編輯長、驟雨の中を社外に出て待ってくれている。

この日はいつもの本館の方ではなく、一年ぶりぐらいに新館の応接室に通される。で、話し合い、同編輯長は実に率直な態度で接して下さるので、単純な自分は和解に応じる。田畑氏のクビも撤回し、やがて現われた同氏と四谷三丁目の焼肉屋で手打ち式を行なう。だが、これには激しい既視感。

そう云えば、二週間ばかり前にも田畑氏のことをクビにして、その後和解の手打ち式を行なったばかりのような気がする。

この間はお蕎麦で、今回は焼肉と、何んだか自分の瀬戸際外交は、一種タカリの手口めいてきた観もある。で、仕方なく自らこれを〝一人北朝鮮〟と称し、自嘲の笑みを浮かべてキムチをつまむ。

七月九日（月）

十一時半起床。入浴。のち、二時間弱サウナ。

『文藝春秋』八月号と、『週刊現代』七月二十一、二十八日合併号着。

前者は〈この人の月間日記〉（主に映画『苦役列車』と、その監督に対する苦言を記す）、後者は六角精児氏との対談掲載誌。

新潮文庫の古浦氏より、七月新刊の電車中吊り用広告ポスターが届く。

今月分にも、『苦役列車』と自分の顔写真が大きく入っている。五、六、七月と、三箇月に亘って中吊り広告に記載されるのは異例なことだ。どうりで売れ行きが好調なわけである。

深更、缶ビール一本、宝三分の二本を、手製の鳥鍋とパックの白菜のお漬物とで飲む。

最後に、きしめんをすすって寝る。

七月十日（火）

十一時起床。

入浴後、町田康氏の最新刊『餓鬼道巡行』（幻冬舎）を読む。独得の食味紀行。「矛盾まみれのラーメンショップ」の一章に笑い転げる。

全篇読み終えたところで仕度をし、外出す。

午後四時半過ぎ、フジテレビ本社到着。

深夜枠のバラエティー番組の収録。* せんに審査員として二度、プレーヤーとして一

＊「おもしろ言葉ゲームOMOJAN」7月17、24日、8月7、14日放送

度出さしてもらっていたが、今回はまた審査員の方での役割。

三本録りのうちの、後ろ二本に出演。八時半に終了。

局からのタクシーで九時に帰宅後、いったん十条に出ばって晩飯を食べる。で、改めて室に戻ったのちに、『読売新聞』の読書面への原稿を書く。

深更、缶ビール一本、宝三分の二本。

カップ焼きそばとスモークチーズ、わさび味のチップスター一袋。

七月十一日(水)

十一時半起床。入浴。

午後四時四十分着を目指し、テレビ朝日本社へ。

クイズ番組の収録*。

学生服着用のこの番組も、すでに四回目の出演となる。

今回も例によって、〝ブサイクインテリ軍団〟の一員として。対する〝イケメンインテリ軍団〟には、やはり此度も石田衣良氏がおられる。

数少ない、江戸川区出身作家の先輩にあたるかただ。

夜八時過ぎに終了。

真っすぐ帰宅後、次の中篇の準備に取りかかる。

七月十二日（木）

十一時半起床。入浴。

今日はテレビ番組での対談が予定に入っていたが、毎回ホスト役をつとめておられるお相手のかた（自分が大変に尊敬する）が、風邪をこじらせてしまわれた為に延期となる。早期のご快復を祈念する。

で、終日在宅。そして終日無為。

自分の誕生日と云うことで、新潮社から宝の「純」一ケースと、東映からも同じものが一ケース届き、「en-taxi」誌の田中陽子編輯長からは、何んだかひどく高級そうなタオルセットを贈られる。有難し。

他に、読者のかたからCDをプレゼントされ、感激す。

そのCDを聴きながら、深更、気分良く晩酌。

缶ビール一本、宝一本。

スーパーで購めた鰯のお刺身と、お惣菜のトンカツ、冷奴。

＊「Qさま!!」7月30日放送

最後にオリジンの白飯。

七月十三日（金）

十一時半起床。入浴。

夕方、神保町に出たついでに銀座へ赴く。

丸の内東映の前に佇みて、明日から公開される「苦役列車」の看板を見上ぐる。

この完成度の低い、不思議なくらいに出来の悪い映画への苦言は、もうわざわざ述べ立ててあげるのも、いい加減面倒臭くなっている。

よくよく考えてみれば、この駄作ムービーには叱るだけの価値もなかったのだ。自分は些か、親切すぎた。

この映画を監督した者の陰口によれば、自分は〈人を怒らせる天才〉とのことだが（どこかで聞いたような、陳腐な評だ）、なれば該監督者は、さしずめ〈被害者ヅラをする小名人〉、〈原作者を憫笑させる小達人〉と云うべき御仁である。

が、それはそれとして、やはり自作が映画館で公開されることには少なからぬ感慨もある。後にも先にもこれ一本きりと思えば、その感慨は尚更に深まりもする。

それに、この丸の内東映には、三十五年程前の昔に、〈東映まんがまつり〉を観にきた記憶もあるし、長じたのちも、何度かは足を運びもしている。

それが故、この映画館で拙作が上映されることについては、自分には一種感傷をも誘《いざ》なわれる部分が、あるにはあった。

で、何やらふいと原作者らしい親心が生じた自分は、その窓口にて、必要もない前売券を一枚購めてしまう。そして特典であるところの、お札型メモ帳の入った〝北町貫多の給料袋〟をも貰ってしまう。

これも後にも先にもの、ただ一点きりとなる貫多グッズであり、かようなものを拙作映画の観客の為に作ってくれた東映に対しては、改めて感謝の念が湧いてくる。なかなかにその場から立ち去りがたく、三十分近く佇む。

七月十四日(土)

久々に早起きし、銀座にて一件、映画の初日舞台挨拶の用事を済ます。どうかあらゆる意味で成功してほしい。

終了後、新潮社のかたと蕎麦屋で軽く飲んで、午後四時に帰宅。

すると程なくして、高田文夫事務所からファクシミリが届く。

高田文夫先生の、四百字原稿一枚に記された直筆退院メッセージ。

関係者に順次送信されており、自分は昨日『小説現代』誌の柴崎氏より、氏の熱い感激の添え書きと共に、このうれしいメッセージを転送して頂いていた。自分のようなわけの分からぬ者にも、同じものを直接送って下すった高田事務所のかたのご厚意に恐縮しつつ、何より改めての、この高田先生の復活のお言葉がたまらなくうれしい。

先生自らタイトルとして、〝朗報〟と大書されてるのが、もう最高である。内容も実に先生らしい、周囲に対する口の悪い優しさと思いやりに満ち溢れ、しっかりギャグも盛り込まれている。

復活するまでは面会を謝絶し、決してご自身の辛気臭い姿を他者には見せぬ、その先生の江戸っ子気質にはつくづく勇気付けられるものがある。静養を余儀なくされていた期間中、一番辛かったのは先生ご自身であったのに。

もう安心である。高田先生は大丈夫だ。本当に良かった。

七月十五日（日）

十一時半起床。入浴。

コンビニで『読売新聞』を購む。水曜の朝方に送った読書面の、〝本のソムリエ〟

欄への回答掲載紙。

一作日届いていた、「一私小説書きの独語」第十二回の載った『野性時代』誌をパラパラはぐり、木内昇氏の新連載第一回目のみ熟読す。

午後四時、『朝日新聞』のインタビュー取材で飯田橋に向かう。

別刷の生活面での「逆風満帆」欄に、八月より週一回、計三回に分けて載る予定のもの。

駅頭で写真撮影後、新潮社にゆき、そこの会議室で二時間半近く取材に応えさして頂く。

終了後、『新潮』誌の田畑氏と、四谷三丁目でまた今週も焼肉を食べる。

七月十六日（月）

十一時半起床。入浴。のち、二時間弱サウナ。妙に混んでいると思ったら、今日は祝日であった。

帰宅後、雑用一束片し。

酒井順子氏の最新刊エッセイ集『もう、忘れたの？』（講談社）を読む。どこまでもクレバーな、その毒性にしばし時を忘れる。

深更、缶ビール二本、宝三分の二本。

手製のウインナー炒めと、オリジンの鳥カラ六個。チーズ一片。

最後に、サッポロ一番の〝味噌〟をすすって寝る。

七月十七日（火）

十一時半起床。入浴。

『サンデー毎日』七月二十九日号が届く。

表紙に自分の名前も大きく出ているので、驚いて中を確認したが、載っているのは、やはり先日コメントした〝意中の総理〟についての短い発言のみ。

夜、新宿バルト9に、映画「苦役列車」を観にゆく。

先般、三十枚購入した鑑賞券（無料で貰った二十枚と併せて計五十枚）は、あっちこっちに配り歩いた。たまにゆくサウナの受付の女の子や、ごく稀に焼豚を買うだけの肉屋のご夫婦にまで、とにかく自分に対し、映画の話題を好意的にふって下すったかたには洩れなく配り歩いたのだが、それでも五枚程余ってしまった。

丸無駄にするのも勿体ないので、折角の上映期間中に、もう一ぺん観直してみるのも悪くないとの気が起きる。

で、夜七時十五分の回に出ばってみると、観客は僅かに三十人強。これは少ないには違いないのだが、前日に新潮社を経由して東映から報らせのあった、封切り二日間の興収結果と、そのコメントに付されていた〝中の下〟と云うのを鵜呑みにする。

二度目を観終えての感想は、やはり自分にはつまらなかった。

やはり〝中途半端に陳腐な青春ムービー〟との印象は変わらなかった。が、やはり暴力絡みの例の三シーンや、日下部、美奈子との居酒屋シーンはとても良い。

つまり、何んら新発見もなかったので、結句これは、今回再び観たことは全くの時間のムダと云うわけであった。

鑑賞券の無駄と時間の無駄と、どちらが今の自分にとって真のムダになったのか、なぞ自問しつつ、末広通りで軽く一杯飲んだのち、帰宅。

深更、缶ビール一本。宝三分の二本を、手製のベーコンエッグ三個のみで飲んでから、就寝。

七月十八日（水）

十一時半起床。入浴。

依頼されていた、韓国映画「プンサンケ」の推薦コメント、八十字を書いて送稿。南北の境界線、の、運び屋の物語。これは自分には単純に面白かった。

『週刊文春』七月二十六日号到着。JTの広告エッセイの二回目掲載号。この欄、図らずもイラストを信濃八太郎氏が担当されておられるので、自分としても開くのが実に楽しみ。今回もまた、えらく魅力的な絵を添えて下すっている。

夕方、額縁屋で簡単な作りの、ポスター用の額を購める。

先日、稲垣潤一氏に書いて頂いた為書きサイン入りポスターを入れ、リビングの壁に架ける。気分良し。

ついでに玄関のすぐ横の短冊額を、これまでの平賀元義から尾崎一雄のものに入れ替え、寝室の色紙額を菊池寛から笹沢左保に差し替える。文言は、「流離の人　木枯し紋次郎」。

深更、缶ビール一本、宝一本を、宅配寿司の〝厚切りネタ〟三人前（夜九時過ぎに取って、冷蔵庫に保存しておいたもの）と、茶碗蒸し二個で飲む。

七月十九日（水）

午後一時起床。入浴。

午後六時着を目指し、新潮社へ。

『週刊プレイボーイ』のインタビュー。

一時間程で終了後、『新潮』誌の田畑氏、文庫の古浦氏と鶴巻町の「砂場」に上がり込み、一杯飲む。

鯛の薄造り、カツ煮、まぐろのぬた、ウインナーポテト等を食べ、最後にかき揚げせいろ。

一軒のみにて解散し、自分は野暮用に赴く。

七月二十日（金）

着、『小説現代』八月号（「東京者がたり」第七回掲載号）、『en-taxi』夏号（木内昇氏との対談）。他に新潮社より宅配便にて、東映からの映画関係掲載誌の転送分一箱。

既知の読者のかたより、扇子と洋画のＤＶＤを贈られる。

七月二十一日（土）

午後一時起床。

中篇、未だ出発できず。が、このエンジンのかかり具合の悪さは商業誌一作目のとき以来、毎度のことなので焦りはなし。

先般再入手した、宮野村子『紫苑屋敷の謎』（穂高書房　昭33）を読む。二十七年ぶりの再読。

夜、十一時半に室を出て、汐留の日本テレビに向かう。

午前一時三十五分からの、生放送でのクイズ特番出演*。

同じく解答者である、吉田豪氏に初めてお会いし、挨拶だけさして頂く。

二時三十五分終了、三時に自室帰着。

オリジンの茄子辛味噌弁当と鳥カラ七個で、缶ビール一本と宝三分の二本を飲んで寝る。

七月二十三日（月）

葛西善蔵祥月命日。

十一時半起床。入浴。

夜七時、四谷三丁目で『週刊ポスト』の女性記者氏と飲む。

九時半頃に、共に「風花」へ流れる。

と、程なくして坪内祐三氏が講談社の編輯者のかた三名と入ってきたので、何んとなく合流と云うかたちになる。

午前一時過ぎに解散。

帰宅して、すぐに寝る。

七月二十四日（火）

芥川龍之介祥月命日。

十時過ぎ起床。入浴。

町田康氏の最新刊『この世のメドレー』（毎日新聞社）を半分まで読む。『どつぼ超然』の続篇にあたる、長篇小説。

夜、十条のラーメン屋で晩飯。塩バターラーメンと炒飯。

深更、手製のウインナー炒めと、オリジンのトマトサラダ、豚汁にて晩酌。

缶ビール一本、宝三分の二本。

原稿仕事が不調なので、ちっともうまくなし。

＊「五択プロトタイプ」

七月二十五日（水）

十一時半起床。入浴。のち、二時間弱サウナ。

帰路、慈眼寺《じげんじ》の芥川龍之介の墓に赴いて、一礼。

夜、王子駅前のすき家で牛丼の大盛を食べ、次いで富士そばにて、もりを一枚食べる。

深夜十二時半に室を出て、一時に新宿バルト9で知人と待ち合わせ。

映画「苦役列車」のミッドナイト上映を、仕方なく観る。

観客、自分たちを含めて五人。この時間帯ならば、これはこれで、まあ入っている方……………か？

結句三度目を観る羽目となったが、感想は同じ。原作と原作者に付きすぎ。で、肝心カナメの「苦役」と「列車」の部分は、てんで押さえていない。

「苦役」を肉体労働、「列車」を音楽であらわしただけの単純な解釈では、全く話にもならぬ。

監督者同様、主演俳優も何かカン違いしているのに気付いたことが収穫か。

最初に観たときは微苦笑を浮かべたが、最早冷笑以外の感興もなし。やはり、わが創作関連のチンケな一汚点。
終了後、末広通りの終夜営業でやっている居酒屋にて軽く一杯飲み、明け方五時前に解散。

七月二十六日（木）

午後二時起床。入浴。
また急に気温が上がり、日中はクーラーもあまり利かぬ。じっとしていても、汗滲む。
町田康氏の『この世のメドレー』読了。堪能。
夜、藤澤清造の『根津権現裏』を、元本で読み返す。
深更、缶ビール一本、宝一本。

七月二十七日（金）

十一時半起床。入浴。
『根津権現裏』完読し、儀式終了。
些か大袈裟に云えば、ようやくにウツボツたる創作意慾と云ったようなものが蘇えってくる。

七月二十八日（土）

十一時半起床。入浴。のち、二時間弱サウナ。えらく混んでいる。

中篇の準備、全完了。

此度《こたび》の〝設計図〟は、「どうで死ぬ身の一踊り」のときと同様、やや大まかなもの。果たしてどうなるか。

文春文庫版『小銭をかぞえる』七刷の知らせ。昨年三月の発刊以来、地味に動いてくれている。

深更、缶ビール一本、宝一本。

手製の薄焼き卵を四個分載せ、ロースハム二パックとキュウリ一本も刻んで載せたシマダヤの冷やし中華二食分を作り、肴とす。それと、福神漬。

七月二十九日（日）

藤澤清造月命日。

十一時半起床。入浴。

今回も掃苔にゆかぬ。が、本日より中篇書きだす。

何に対してか知らぬが、いい感じに生じてきている身中の怒りが、何よりの援軍になってくれている。

七月三十日（月）

十一時半起床。入浴。

雑用一束、順々に片す。

夕方、楽しきことあり。

七月三十一日（火）

十一時半起床。入浴。のち、二時間弱サウナ。

夕方、知人と銀座で合流。

知人が奢ってくれるとのことで、丸の内東映にて映画「苦役列車」を観る。

六時五十五分からの回。

テケツの窓口に並んでいると、自分たちの前に並んでいたかたが、鑑賞券を購めて列を離れた直後に、小銭入れからジャラ銭をぶち撒けてしまう。

知人は条件反射みたくして、すぐさまその方へゆき、わざわざスカートの膝を折ってまでして、その大量のジャラ銭を一緒になり拾ってあげている。

が、自分は折角並んでいた列の順番を放棄するのがイヤで、後ろに並んでいる人にかまわず、窓口の者にも暫時待っていろ、と云うような雰囲気を発散さした上で、知人が戻ってくるのを待つ。

そして、二人分の鑑賞券を購入してもらう。

場内の観客は、三十人弱と云ったところか。

自分としては、この映画を眺めるのはもう四回目になるし、すでに見るべき点もないのは熟知しているので、今回は初っぱなからラストまで仮眠タイムにあてさしてもらう。

人っ気の少ない広々とした空間で安眠。やはり、やおい映画は熟睡できる。

終了後、共に「信濃路」へゆく。

八月一日（水）

午後一時起床。入浴。のち、二時間弱サウナ。

雑用なかなか片付かず、次から次にやってくる。苛立ちがつのる。

が、またもや夜に楽しきことあり。救われた思い。

八月二日（木）

午後二時起床。入浴。のち、二時間弱サウナ。

帰宅後、雑用一束を一つずつ片してゆく。

深更、またぞろスタートダッシュに失敗していた中篇に改めて取りかかるも、やはりはかがゆかず。

苦き飲酒に、現実逃避す。

八月三日（金）

十時起床。入浴。

午後十二時半に室を出て、有楽町のよみうりホールへ向かう。

日本近代文学館による夏期の恒例行事、「夏の文学教室」。此度で第四十九回をかぞえるとのこと。

今年は五日目たるこの日の二時限目を、自分が受け持つことになった。

千百人程入るホールは、結構満席に近い状態になっている。

演題は例によって、藤澤清造に関してのこと。

そして例によって、十分程経過したところでシドロモドロになり、支離滅裂なまま終了。

こうした講演は、まだ小説を書く以前に石川近代文学館や七尾の新聞支社の文化教室、図書館なぞで都合四度程やったことがあるが、一向にうまく喋れない。

だから芥川賞後に種々舞い込んできたこの手の依頼は、すべて固辞していた。が、その後いろいろと人前に出る機会が増え、以前よりかは面の皮も厚くなったとの自覚から、今回試しに引き受けてはみたのだが、しかしやっぱり自分は、講演は苦手だ。

控え室に戻り、色紙を書いていると、『新潮』誌の田畑氏と、『文學界』誌の森、丹羽氏に田中光子編輯長があらわれる。

終了後、各位と有楽町駅近くのビアホールにて、軽く飲む。

校了明けとは云え、全く誘いもしなかったのにもかかわらず、わざわざ自分の為に時間をさいて下すった、これらの方々の文芸編輯者としての姿勢には、実際つくづく頭が下がる。

で、帰路の車中、田畑氏に、文庫部の古浦氏の姿が見えぬことを軽く抗議する。

五時半過ぎに帰宅すると、うれしき手紙が届いており、俄然仕事に対してのやる気が出てくる。

八月四日（土）

十一時半起床。入浴。

『朝日新聞』別刷の『be』が、速達で届く。〈逆風満帆〉欄の三週連続インタビュー、第一回の掲載号。

文中の冒頭に、丸の内東映でその昔「悪魔が来りて笛を吹く」を観た、とあるが、これは後でよく考えたら、同映画を昭和五十四年一月の公開直後に観たのは、当時住んでいた船橋の原木中山から程近い、本八幡駅前の封切館との記憶違いだった。丸の内東映でその昔観たのは、〈東映まんがまつり〉である。

八月五日（日）

午後一時起床。入浴。

中篇をひとまず脇にのけ、『小説現代』連載の「東京者がたり」第八回に着手。

深更、手製の豚の生姜焼きと、パックのポテトサラダ、冷奴。

缶ビール一本、宝三分の二本。

八月六日（月）

十一時半起床。入浴。

ノートに書きつけていた小説下書き、パタリと止まる。書いていて、内容がサッパリ面白くない。

夜、手紙を書いたり本を読んだり。

深更、缶ビール一本、宝一本。

八月七日（火）

午後一時半起床。入浴。のち、二時間弱サウナ。

『藤澤清造短篇集』（平24　新潮文庫）の諸作を収録順に読み返す。

思うところあり、買淫を一時中止しているので、逃げ場と云えば、好きな私小説の復読以外になし。

深更、缶ビール一本、宝一本。

宅配で取っておいた麻婆豆腐に酢豚、春巻と、五目炒飯。

八月八日（水）

午後二時起床。入浴。

『小説現代』誌の「東京者がたり」、第八回のゲラに訂正を入れてファクシミリで返送後、仕度をして室を出る。

六時到着を目指して、テレビ朝日本社へ。

学生服着用での、クイズ番組の収録*。暑がりの自分は、八月のスタジオ内でのツメ襟なぞ思っただけでも汗だくになるが、この日はどう云うわけか、さほどの発汗をみることもなかった。

九時半終了、十時過ぎ帰宅。

深更一時半、鶯谷の「信濃路」へゆく。

ウーロンハイ七杯に、肉野菜炒め、ウインナー揚げ、ワンタン。

最後に冷やしたぬきそばとオムライスを食べて、二時間程を過ごす。

同人誌時代の三作（「墓前生活」「春は青いバスに乗って」「けがれなき酒のへど」）や「瘡瘢旅行」「膿汁の流れ」「昼寝る」「落ちぶれて袖に涙のふりかかる」等は、い

＊「Qさま!!　天才脳No.1決定戦SP」10月15日放送

ずれもここのカウンターの左隅っこに陣取りつつ、はなのメモをチマチマと書いていたものであった。

拙作なぞ、所詮〝信濃路文学〟（自分でも意味がよくわからぬが、とあれ一種の卑下）に過ぎぬことを再確認する為の、深夜のドカ食い。

八月九日（木）

午後一時起床。

焦りと、半ば生じてきた諦観。

入浴せず、そのままサウナへ。

該所にて、高校野球をぼんやり眺む。

夕方、帰宅途中でスーパーに寄り、食料の買い出し。カツオの刺身やレトルトカレー、インスタントラーメン等を購める。

届いていた『週刊プレイボーイ』八月二十七日号を開く。

せんにインタビューに答えた、〝俺のズリセン〟趣旨の当該頁を、一寸見て閉じる。

夜、十条にてつけ麵。

深更、カツオと手製のウインナー炒めで、缶ビール一本、宝一本。

八月十日（金）

十一時半起床。入浴。

新潮社の出版部経由で、某誌より〝風俗〟についてのインタビュー依頼来るも、思うところあってお断わりする。自分がインタビュー取材を断わったのは、過去に一度だけあったから、これが二度目のことである。が、かような不遜な真似は、この二度だけのことにしたい。

寝室にて大河内常平の『25時の妖精』（昭35　浪速書房）を復読。この無神経なまでに堂々とした、ヘタうまの文章がたまらない。

田中英光や川崎長太郎、大河内常平、そして石原慎太郎氏と、自分の好きな小説家の文章は、いずれもこの点で共通の深い魅力を持っている。自分が憧れつつも決して真似ることのできない、八方破れな捨て身の文体の輝きだ。

八月十一日（土）

十一時半起床。入浴。

夕方、散髪。

帰宅後、『THE21』九月号を開く。

テリー伊藤氏の連載コラム、「成功者からの正しい学び方」第三十回目の今回は、自分のことを取り上げて下すっている。

カラー頁見開きの長文は、まこと過分なお言葉の連続で、まさか全部を全部、額面通りに受け取りはせぬが、しかしながら恐縮しきり。

文中、映画「苦役列車」に関する自分の批判（この世には、これを単なる〝文句〟と混同する、呆れるばかりの馬鹿もいるが）も、こちらの真意と、その奥のもう一つの真意を見抜いておられるのには舌を巻いた。

そして何より驚いたのは、当方の人物評をくだすに、まずこちらの小説に対する〝劣等生の情熱〟の点を汲み、それを一つの物差しとして、当方を計って下すっていることである。

実際、涙が出た程に有難かった。

これまで目に触れた、賛否拘わらずのどの短評、寸評も、ここに言及したものはなかった。今回、その一点を汲んで頂けたことが、ひたすらに有難かった。

八月十三日（月）

十一時半起床。入浴。

ノートへの下書き、依然として進まず。

角川書店の藤田氏より荷物が届く。同社で開催中の、〈横溝正史生誕百十周年記念フェア〉のポスターとPOP複数枚。

共に、これに合わせて復刊される、杉本一文氏によるカバー装画数十点をデザイン的にあしらっている。

先立って東京堂で展《ひら》かれたこれらの原画展は、杉本氏からご案内の葉書を頂戴しながらも遠慮申し上げていたが、書店で今回のPOP、ポスターの販促品を眺めていたら、店員の目を盗んでそれをはがして持ち帰りたくなってしまった。

しみじみ、角川書店とは現時点での細い繋がりがあって良かった。

早速ポスターの一枚を額に入れ、寝室の壁面にかける。

八月十四日（火）

十一時半起床。入浴。のち二時間弱サウナ。

ノート進まず。焦りが頂点に達する。

いったん脇にのけ、昨夜旧知の朝日書林主より宅配便で送ってもらっていた荷物を開封。

藤澤清造の、『根津権現裏』聚芳閣版特装本。

『根津権現裏』に関しては、現在、元版の日本図書出版のものが完本、裸本を併せて十七冊、聚芳閣版の普及本の方が九冊と、〝清造狂い〟になってからのこの十五年の間に、目に付く限り蒐集してきた。が、該上製の特装本は、これまでに一冊きりの架蔵しかない。

他に自分が知っている限りでは、この特装本を所有しているのは石川近代文学館(は、清造資料は極めて乏しいが、何故かこの本だけは所蔵がある)のみである。

いったいに稀覯本と云われる『根津権現裏』の中でも更に入手困難な版だけに、今回朝日書林を通じて照会して下すった前所有者の提示額は四十万円だったが、当然ミズテンで購入さして頂くことにした。

で、現物を見てみると、自分がすでに架蔵しているものよりも函背がヤケているが、まあこれに関しては、そう贅沢も云えまい。

本体、函に手ずからパラフィン紙をかけ、六畳の〝書庫〟の、清造関係専用のガラス付きキャビネット中に収める。

深更、缶ビール一本、宝一本。

コンビニの惣菜コーナーで購めた、サンマの塩焼きと麻婆豆腐、ハンバーグ。

最後に袋入りのチャルメラをすすって就寝。

八月十五日（水）

午後一時半起床。入浴。

『新潮』誌の田畑氏に電話。終戦記念日に因んだわけでもないが、八月校了号での白旗宣言をす。

田畑氏、激怒を押し隠し（ておられるのがアリアリと窺える）つつ、実にしつこく食い下がってくる。

夜、氏から恐ろし気なファクシミリが届く。

八月十六日（木）

午後二時起床。入浴。

田畑氏に電話し、改めて完全降伏を告げる。

これから面談できぬかとの食い下がりに、恐怖が先立ってお断わりする。が、結句明日の芥川・直木賞のパーティーの際に、矢野編輯長とは非接触でやり過ごすことをお願いした上でお会いし、ことの経緯を説明する流れとなる。

夕方、池袋にてワタナベエンターテインメントの蘭牟田、土居氏らと打ち合わせ。終わってから東武デパートで名刺ホルダーと新刊本二冊を購めて帰宅。

新潮文庫の古浦氏より、十月に同文庫に籍を移して発刊される、『どうで死ぬ身の一踊り』のカバーデザインその他がバイク便にて届けられる。

トーハンの、『新刊ニュース』十一月号用アンケート回答を書いて、ファクシミリにて送稿。

深更、缶ビール一本、宝一本。

手製のオムレツとウインナー炒め。チーズ二片。

最後に袋入りの茹でそばに、ふえるワカメとカツブシの小袋を入れたものをすすって、例によって満腹状態で寝る。

八月十七日（金）

午後二時起床。入浴。のち、二時間弱サウナ。

夜七時過ぎに、東京會舘へゆく。

大森望氏にお会いしたので、昨日仄聞したメッタ斬りコンビによるトークライブ

〈朝吹真理子、道尾秀介両氏がゲストであったらしい〉、〈西村賢太被害者の会〉の模様をお伺いし、おいしくイジって下すったことに感謝を述べる。

矢野編輯長とも、うっかり遭遇す。さすがに場が場だけに、自分に対しては怜悧な一瞥をくれたのみで事なきを得る。眼鏡のフレームを丸いものに変えられたらしく、何んだか昔の憲兵隊長みたいな雰囲気。で、尚と一層に近付き難し。やはり、天敵。

田畑、古浦氏に、四谷三丁目で焼肉をつまみつつ謝罪。

早期の体勢の立て直しを約す。

八月二十日（月）

午後十二時半起床。入浴。

十八日付の朝日新聞別刷が届く。〈逆風満帆〉欄での記事の二回目。

自分の写真、今回は十九歳時のもの。十代から二十代半ばまでの写真は、これ一枚しか持っていない。他者に写真を撮してもらうような機会が皆無であった為だ。

かの一枚は人足スタイルのものだが、これは例の平和島での港湾人足時ではなく、その直後に転室した横浜市内の、造園会社で働いていた折のものである。

現場での作業証明写真を撮ったカメラにフィルムが余ったとかで、主任格の者からふいに声をかけられパシャリとやられたのだったが、これは今となっては、自分にとって何んとも有難い一枚となった。

元来が肥満体質ではなく、昔は痩身であったことの唯一の証明材料となってくれている。

八月二十一日（火）

十一時半起床。入浴。

暑過ぎて、少々体具合悪し。

新潮社経由で、韓国映画「プンサンケ」のパンフレット到着。映画に寄せた、自分のコメントも収載されている。

夜、十条で中華丼の大盛りと餃子。

深更、青林工藝舎の高市氏が贈って下すった粕漬を三枚焼き、缶ビール一本、黄桜辛口一献五合。

最後に〝でかまる〟の味噌味をすすって、就寝。

八月二十二日（水）

十一時半起床。入浴。のち、二時間弱サウナ。強制発汗で体温を下げたら、少しく体調回復す。

文春文庫版『小銭をかぞえる』七刷の見本届く。

水谷準『獣人の獄』（昭7　新潮社）を二十数年ぶりに再読。

『文藝春秋』十月号用の短文二枚を書いて、ファクシミリにて送稿。此度《こたび》の中国人による尖閣諸島上陸について。

深更、缶ビール一本、宝三分の二本。

手製の牛切り落とし肉のウスターソース炒めと、パック詰めのマカロニサラダ。最後に、オリジンの白飯の上にシーチキンを載せたツナ丼と、カップのしじみ汁。

八月二十三日（木）

午後一時起床。入浴。のち、二時間弱サウナ。

帰宅後、『週刊文春』今週号を開く。

宮藤官九郎と云う脚本家の連載コラムで、映画「苦役列車」が取り上げられている。好意的な評で有難い限り。

自分が、この〈中途半端に陳腐な青春ムービー〉を気に入っていないのは、全く本当のことである。
但《ただし》、それはこの日記をはじめ、『文藝春秋』八月号や『小説現代』七月号での連載
中や、『新潮』八月号での単発エッセイでも明記しているように、何も、かの映画が
自分の原作と違う部分がある点を難とし、それを気に食わないと云っているわけでは
ない。
全く逆で、原作と原作者に必要以上に付きすぎている点を慊《あきたりな》いとしているのだ。
はなの打ち合わせ時点で、原作者一切不介入の立場を制作サイドへ明確に伝え、全
てを委ねたことは、昨年のこの日記中でも真っ先に書いているし、ストーリー改変の
申し出も当然受け入れて、もっと滅茶苦茶に原作をいじってくれることを希望もして
いる。

この点、何度ハッキリ書いても、おおかたネット上の部分的な、要約にもなってい
ない一部分の情報のみで、都合よく混同させる馬鹿が案外に多いようだ。だからこの
点に関して映画版シンパが、「原作とは全く別物になっている」なぞ必死に叫び、擁
護に躍起になっているのは何んとも不様である。

無論、自分が初手に示した先の委託や希望は、あくまでもそれによって原作を超え
るものになることを前提とした上でのことだったが、結果は残念ながら自分の目にそ

うは映らず、原作とは別物になっているとも思えなかったと云うだけの話である。

だが、当然それは自分だけの感想であり、他の観客がこの映画化作を面白がってくれるのは、自分としても大いに有難く、励みにもなることには間違いない。

で、一点、文中で気になったのは、「私小説を娯楽作品へと転化した」とあることで、自分は二十歳のときから私小説ばかりを読み、現在までそれにすがりつく恰好となっているが、その間、私小説を娯楽以外のものに思ったことは、ただの一度もない。だから自身の狙いとその成果は別として、自分の私小説も、すべて自分なりの〝陰鬱な娯楽作品〟のつもりで書いている。『苦役列車』も、また然りである。

夜、近くの蕎麦屋でもり二枚と親子丼。

深更一時、「信濃路」にゆくも、人手が足りなくなったとのことで、向こうしばらくの間、二時での閉店を告げられる。

仕方なく一時間のあいだに生ビール一杯、ウーロンハイ四杯を飲み、レバーキムチとウインナー揚げ、ラーメンライスを平らげる。

このときは珍しく鰻の寝床状カウンターの中央辺に座ったが、その位置の頭上には品書きの短冊中に交じって、映画「苦役列車」のチラシも貼りだされていた。

八月二十四日（金）

午後一時起床。入浴。

終日在宅。暑くて外出する気にならず。

田中英光の私小説を〝娯楽〟として復読す。未完のまま終わった「狂気の太陽」と、「愛と青春と生活」を途中まで。

夜、宅配寿司を取り、二人前の握りは深更の晩酌用として冷蔵庫に保存し、上チラシの方を食す。

深更、缶ビール一本、黄桜辛口一献五合。

八月二十七日（月）

十一時半起床。入浴。のち、二時間弱サウナ。

体調悪し。

八月二十八日（火）

午後一時起床。入浴。のち、二時間弱サウナ。

夜、十条にて肉炒めライスとラーメン。

深更、黄桜辛口一献の五合パックを開栓するも、何やら持て余して、少し残る。

八月二十九日（水）

藤澤清造月命日。

依然体調悪く、終日無為。

十数年ぶりに、一日中テレビを眺む。

深更、飲酒。

八月三十日（木）

午後一時半起床。入浴。のち、サウナ。

帰宅後、何もする気起こらず。

思いだして、七月に朝日書林から届いていたものの、まだ開けていなかった段ボール函を玄関からリビングへと運んでくる。

自分のところの玄関は、昨年一月以来あれこれ届いた段ボール函が、まだ未整理のまま大小三列にわたって積み上げられている。

運んできたのは、今年の明治古典会大市で落札した品の入っている一箱。

昨年のかの大市では、藤澤清造の未見作品の自筆原稿三点が出現し、いずれも無事に落札できた。が、こんなのは〝ナマもの〟が滅多に出てくることのない清造であれば、およそ二度ある話ではない。

で、案の定、今年は清造関係については掲載誌一冊出てこなかったものの、代わりに数点、所持したくなる物はあった。

川崎長太郎の生原稿二点（創作、随筆）と、尾崎一雄の句入り署名本、それに石原慎太郎氏の限定十五部本で、氏の肉筆油絵が表紙に仕立てられた『太陽の季節』（昭55　成瀬書房）だが、これらは今回首尾よく、すべて下札にて落とすことが叶った。

加えて、夢野久作の『山羊鬚編輯長』（昭12　春秋社）も気まぐれにヨタ札を投じておいたら、意外にもこれも下札で入手する羽目になってしまった（さほど欲しくはなかった）。

川崎長太郎の肉筆物は、すでに原稿三点、葉書二十枚に色紙、署名本なぞを架蔵しているが、それでも目につけば収集慾のじわりと湧く辺り、些か病的の域に近付きつつある。

『太陽の季節』は十五部の内の第十二番本だが、石原氏の肉筆油絵は貴重である。

当時の定価は三十万円。バブル期の頃には、神田の稀覯本専門店で四十五万円の値が付いて陳列されていたのを見かけた記憶がある。

本自体も表紙の性質上かなり大きく、その上に桐箱と堅牢な外函が付いている為、思いの外にかさばる。なので書棚へは架蔵できぬのが難ではあるが、しかし実に得がたき一冊だ。無論、氏の墨署名落款も入っている上、この本でしか読めぬ〈後記〉も、例の悪文による石原節でうれしい限りである。

これらをひねくっているうち、少しく気分が上向いてくる。

深更、缶ビール一本、四百円の赤ワイン一本。

手製の目玉焼き二個と、魚肉ソーセージ二本。冷凍食品のハンバーグ。

八月三十一日（金）

十一時半起床。入浴。

終日無為……に近き状態。

仕事やったり、やらなかったり。

夜十二時には早くも飲酒。

そして切り上げも早めて、そそくさと就寝。

九月一日（土）

八時起床。入浴。

十時過ぎ、業者が台所のガス警報器を取り替えにくる。前もって通知されていた、マンション全戸での義務らしいので、早起きもやむなし。

また、ちょうどこの日は昼過ぎにテレビ局にゆかなければならなかったので、これはむしろ好都合とも云えた。

十一時半に室を出て、午後十二時半前にフジテレビの、湾岸スタジオの方に到着。

過去に二度出演した特番の収録*。

今回はSP版で、ゴールデン枠での放映になるものらしい。

夜九時半に終了。弁当二個をリュックに詰めて、十時過ぎに帰宅。

深更、その楽屋弁当を肴に缶ビール一本、宝一本弱。

九月三日（月）

十一時半起床。入浴。

体調すぐれず、気分がふさぐ。

仕事やったり、やらなかったり。

九月四日（火）

午後一時起床。入浴。のち、二時間弱サウナ。

帰宅後、玄関からリビングへと通ずる、廊下の壁沿いに積んである段ボール函を、今回とりあえず七箱程整理する。

映画「苦役列車」関係の物多し。

そう云えばこの映画、いつの間にか首都圏での上映は終わっていたようだ。

結句自分は初号試写で一度観て、その後は劇場に三度（うち一度は、知人に無理に誘われてシブシブ同行し、完全なる仮眠タイムにあてさしてもらったが）足を運んだが、いずれも場内は閑古鳥が啼いていた。

何んでも興行成績は惨憺たるものだったそうで、「本当にコケてどうすんだよ」と云う感嘆も何がなしこみ上げてくるが、しかしこれは、まだまだＤＶＤで巻き返しのチャンスがある。

映画賞を主催する「東スポ」もスポンサーの一社だったし、馬鹿な映画評論家なぞ

＊「アウト×デラックス」９月19日放送

からの信者的評価だけはすこぶる高い（？）そうだから、向後の映画賞では定めし各賞を総ナメにしてくれることであろう。これでそうならなければ、余程どうかしている。

どんな映画賞でもいいから一つでも多く獲得し、わが「苦役列車」に再びスポットを当ててもらいたいものである。

さすれば現在、単行本文庫本で累計三十三万部の原作本の洛陽の紙価も、またぞろ大いに高まって、こちらの懐も尚と一層にあたたかくなろうと云うものだ。

そしてＤＶＤも、一切を委託している新潮社の映像コンテンツ部の話だと、セルは無論のこと、レンタルもカラオケ同様、一回ごとにこちらに使用料みたいなものが入ってくるそうだから、これはもう、何がなんでも話題作としてレンタルされまくって欲しいのだ。

現時点で映画化作の方は大コケし、赤字になっていようと、自分はさのみ心配はしていない。

なぜなら、「苦役列車」をタイトルに冠した以上、その二次作成物にはやはり訳のわからぬしぶとさと、ゴキブリ並みの図々しい生命力が備わることを信じているが故にである。

年末の映画賞レースと、それに伴うDVD発売（の、売れ行き）が、本当に楽しみである。

夜、宅配寿司三人前。

深更、缶ビール一本、宝三分の二本。

九月五日（水）

九時半起床。入浴。

室を出て、十一時四十五分着を目指しテレビ朝日へ向かう。

学生服着用のクイズ番組。*

今回はSP版で、六ブロックの出身地別対抗戦。無論、自分は東京チームの一員。

予定よりも早く、五時半に上がれることとなる。

夕方六時過ぎ帰宅。

夜九時過ぎ、十条で味噌チャーシュー麵と餃子。

仕事やったり、やらなかったり。

深更、缶ビール一本、宝一本。

＊「Qさま!!SP」10月8日放送

オリジンのおでん六個と、唐揚弁当。

九月六日（木）

午後一時起床。入浴。
体調、なかなか復さず。
いろいろと焦りは生じるも、はかがゆかず。
深更、「信濃路」に出ばりたくなるが、明日の予定を考えて自重。
例によって、自室にて缶ビール一本、宝一本。
マルシンハンバーグ二個と、手製の目玉焼三個。

九月七日（金）

九時半起床。入浴。
午後一時十五分着を目指して、テレビ朝日へ。
一昨日とは別のクイズ番組の、これまたSP版の収録*。
午後二時からの廻し。午前零時過ぎ終る。
零時半過ぎに帰室。

仕事はかどらず、気分も重い。

明け方、宝半本を飲んで寝る。

九月八日（土）

午後一時半起床。入浴。

夕方五時過ぎ、池袋の東京芸術劇場へ赴き、「東京福袋」の催しをこなす。

本谷有希子氏との自作朗読と対談。

その後、『新潮』誌の田畑氏、『文學界』誌の森氏と合流し、四谷三丁目で焼肉。両氏とも、別に事前に声をかけたわけでもなく、詳しい日時も伝えていなかったのに、どこからともなく聞きつけてやってきてくれた。有難い限りである。

一軒で解散し、午前零時過ぎに帰宅後、一寸眠ってから仕事にかかるも、やはりはかがゆかず。

朝方、諦めて宝三分の二本。

＊「芸能界雑学王3時間SP」9月27日放送

九月九日（日）

午後二時起床。入浴。のち、二時間弱サウナ。日曜は混んでいる。

帰宅後、昨日来順次届いていた文芸誌のうち、『群像』その他は例によって封も開けずゴミ袋へ直行。『文藝春秋』十月号、これは開く。〈韓国、中国「領土紛争」の深層〉特集頁に、拙文「戸締まり用心」が所収されている。

同欄を拾い読みし、中野翠氏の一文に快哉を叫ぶ。全く、同感。

仕事進まず。だが体調は、だいぶ良くなってはきた。

明日もまたテレビ朝日で長時間の特番収録がある為、深更の晩酌量を少しく減らす。

午前六時就寝。日ののぼりが、随分と遅くなってきた。

九月十日（月）

十一時半起床。入浴。

午後三時半前に室を出て、テレビ朝日本社に向かう。

「超タイムショック　最強クイズ王トーナメントSP」の収録*。

午前零時過ぎ終了。

先週は「Qさま!!SP」と「雑学王SP」、そしてこの日は該番組と、何やら立て続けにクイズ番組付いている。

他者に出された問題でも、結句自ずと考える姿勢にならざるを得ないから、ここ数日で数百問の知識クイズに頭を絞ったかたちとなる。

が、余りにいっときに詰め込み過ぎたので、解答も聞いたそばから次々と忘れてゆく。

帰宅後、一時半より仕事に取りかかるも、はかがゆかず。

五時前には飲酒を始める。

九月十一日（火）

午後一時起床。入浴。のち、二時間弱サウナ。

仕事やったり、やらなかったり。

寄贈を受けている『週刊大衆』と『アサ芸』を、それぞれ数週間分ずつまとめて拾い読み。

＊9月20日放送

『アサ芸』のモノクロページで、円谷プロの「怪奇大作戦」のDVDボックスが再発売されることを知り、これはどうでも購入することを決める。

深更、缶ビール一本、宝一本弱。

手製の牛切り落とし肉のウスターソース炒めと、オリジンのトマトサラダ。

最後に、白飯の上にウスター炒めを載せて丼にしたものをかき込む。

満腹状態にて寝る。

九月十二日（水）

午後一時過ぎ起床。入浴。

手紙二本書いて投函。

注文していた古書が届く。

武田武彦の詩集『信濃の花嫁』（昭22　岩谷書店）の、墨署名入本。全三十二頁、終戦直後の仙花紙の仮綴本だが、これも自分にとっては懐しき一冊の再入手である。

はな手に入れたのは十八歳のときで、この折のも署名本（但、今回のとは違って〝武彦〟と、名のみ入っていた）だった。

旧『宝石』誌の初期の編輯長で、自らも数篇のミステリと児童ものを書いたこの著者のことが妙に気になっていた自分は、やはり岩谷健司や城昌幸の伝手《つて》でミステリ同様、詩の方にも便宜を図ってもらったらしい、その方面での唯一の成果たる該書は、当時四千円で購めていた。が、すぐに金に困って手放してしまったものである。

その後二十七年間、この詩集には二度巡り合うこともなかったが、機会あればもう一度手にふれ、そして今度は永久にわが書棚に架蔵したいと思い続けていた。

往時のそれは新品同様の保存状態だったが、此度のも、一応許容範囲内でのヤケ具合。

武田武彦のミステリ作品集も、是非とも論創社あたりで出して頂きたいものである。

夜七時、四谷三丁目で『文學界』と打ち合わせ。同誌の森氏の他、丹羽氏と田中光子編輯長、出版局の大川氏。

九時過ぎ、風邪気味の森氏、この日は大川氏と共に一軒のみで引き上げた為、田中編輯長と丹羽氏と三人で「風花」へ流れる。

自分も体調が本調子に復しておらず、はな一時間程度で解散するつもりであったが、「風花」はこの日も閑散としており、一寸すぐとは帰りにくい雰囲気。

が、その後「毎日新聞」の旧知の鈴木記者や「朝日新聞」の記者氏らが見え、ややあって頭の弱そうな男女三人連れ（自分は知らぬが、音羽辺の文芸誌編輯者と書き手か?）が入ってさて、それでカウンターが一杯になったのを良いシオとして解散す。

十一時半過ぎ帰宅。

日曜の夜に、一寸気まずくなった知人と電話で和解す。

宝を三分の一本飲んで、就寝。

九月十三日（木）

午後一時起床。入浴。

夜八時、鶯谷の「信濃路」にて、『en-taxi』の田中陽子編輯長と打ち合わせ。短篇と対談の件。

生ビールからウーロンハイへの流れ。レバーニンニク、ウインナー揚げ、帆立のバター焼、ワンタン等。

最後に、自分だけ冷やしたぬきそばと半カレーライスを平らげる。

一軒のみで解散。棲家の方角が同じの陽子編輯長に、タクシーで自宅前まで送ってもらう。

ひと眠りしたのち、午前二時半より仕事始めるもはかゆかず。

明け方四時半、諦めて宝に手を伸ばす。

九月十四日（金）

午後一時半起床。入浴。のち、二時間弱サウナ。

ワタナベエンターテインメントの土居氏から、観ることを義務付けられていた某番組の同録DVDを三本眺む。

夜、十条にて中華丼。

深更、缶ビール一本、黄桜辛口一献五合。

明治屋のウインナー缶と、オリジンの幕の内弁当、とん汁二杯。

九月十五日（土）

十一時半起床。入浴。

仕事やったり、やらなかったり。

もう一つ、覇気が出ず。

九月十六日（日）

十一時半起床。入浴。

終日在宅。終日無為。

少々痛風の兆候。

ハッキリ症状が出ると、三日間は出歩けぬ。

が、ここしばらくは外出を要する約束事が入っていないのが不幸中の幸い。

深更、缶ビールは控えて、四百円の白ワイン一本。

宅配の握り寿司三人前と、茶碗蒸し。

九月十七日（月）

午後十二時半起床。入浴。

終日在宅、終日無為。

痛風の前兆は、今回は発症をみる前にうまいこと波が去っていってくれた。有難し。

深更、缶ビール一本、宝一本弱。

コンビニ惣菜のシャケの焼いたのと、パック詰めのモツ煮込み。ウインナー缶。

最後に冷凍食品の鍋焼きうどんと、おにぎり二個を食して就寝。

九月十八日（火）

十一時起床。入浴。のち、二時間弱サウナ。

『クイック・ジャパン』誌の、某なる編輯者の求めで雑文二枚を書き、ファクシミリにて送稿（その後この者からは原稿受取りの返信来たらず）。

『新潮』誌の田畑氏へ電話。今月もあやまり、向こう二、三年は矢来町に近寄らぬことを通告。やはり鬼門。

夜、十条にて塩バターラーメンと餃子ライス。

深更、缶ビール一本、宝三分の二本。

納豆二パックと魚肉ソーセージ二本。ドライサラミ。

最後に、マルちゃんの袋入りカレーうどんをすすって寝る。

九月十九日（水）

午後一時起床。入浴。のち、二時間弱サウナ。

気持ち千々に乱れ、落ち着かず。

夜、浅草に赴き、演芸ホールにて時間を潰す。

吉野家で牛丼を食し帰宅。買淫がしたし。

深更、缶ビール一本、黄桜辛口一献五合。

九月二十日（木）

十一時半起床。入浴。

新潮文庫版『どうで死ぬ身の一踊り』の見本が届く。が、今は気分が乗らぬ為、開封せず。心持ちの良いときに見たい。

酒井順子氏の最新刊『この年齢《とし》だった！』（集英社）を読む。婦人誌連載の単行本化。紫式部からレディー・ガガまで、それぞれの転機となった年齢に焦点を絞った人物記。

はな、山田風太郎の名著『人間臨終図巻』のイメージで開いてみたが、結句似て非なる面白さに、巻を措くあたわず。

夜、十条にて味噌チャーシュー麵と餃子。

深更、缶ビール一本、宝三分の二本。

手製のハムエッグ三個とスモークチーズ、ドライサラミ。

最後に、緑のたぬき。

九月二十一日（金）

午後一時起床。入浴。

夕方、銀座松屋の〈ベルサイユのばら展〉に赴く。

期間中、見にこられぬ知人に頼まれ、会場限定グッズを入手する為。

この漫画は、子供時分にテレビでアニメの再放送が夕方なぞによく流れていたが、自分は一回もまともに眺めたことはない。

が、グッズ売り場で人いきれの為、汗みずくとなり、カゴ一杯に商品をあれこれ詰め込む姿は、他人目にはまぎれもなく熱狂的な〝ベルばらファン〟として映ることであろう。

単に自意識過剰の言い草ではなく、現にそこでは三人の女性のかたが光栄にも握手を求めて下さる次第となったが、そのかたたちが自分に向けた目には、確かに〝同じベルばらファン〟の親近感のようなものが浮かんでおられた。

心中でその誤解を詫びつつ、とあれ知人（全くベルばら世代ではないのだが）が特に所望の〈オスカル〉グッズを、百点近く購入す。

九月二十二日（土）

本日より、急遽『文學界』用の短篇を起稿。

夕方から夜にかけて一から想を練り、深更よりノートに下書きを開始。

九月二十三日（日）

十一時半に起床後、とりあえず昨夜下書きした分を原稿用紙に清書す。下書き、清書を並行でいかなければ間に合わない。

夜十一時より、寝室にて布団に腹這い、下書きの続き。

いっとき『野性時代』誌で散発的に採ってもらっていた、やや軽めの秋恵もの。往時、この筆致のものを純文学系の媒体でやってみたくてたまらなかったが、恰度その時分はどこからも門を閉ざされていた状態だったので、それを叶えることはできなかった。

例によって眼高手低になることを恐れつつ、冒頭部分、丁寧に書き込みそこから崩してゆく。

九月二十四日（月）

午後一時起床。入浴。

夜七時、池袋にてTOKYO MXのプロデューサー、構成作家氏らと打ち合わせ。

来月から始まる、夜の報道バラエティー番組（生放送）の件。自分はダイアモンド☆ユカイ氏と共に火曜日のレギュラーらしい。

帰宅後、一昨日より取りかかっている『文學界』十一月号用の短篇を書き継ぐ。

九月二十五日（火）

午後一時半起床。入浴。

すぐと前夜のノートへの下書き分を、原稿用紙に清書。

深更より本日分の稿を継ぎ、明け方五時前に一応の完成。ノートに二十八頁分。

即、飲酒を始める。

九月二十六日（水）

ひと眠りし、午後一時半起きる。入浴。

残りの分の清書に取りかかり、予定通り三十五枚で終了。

引き続き、全体を音読しながらの訂正作業に入る。

午前五時を廻ったところで、何んとか人前に出せるレベルのものに仕上げ、『文學界』の森氏に電話を入れる。

氏の手配して下すったバイク便を待つ間に、すでにして飲酒を始む。

六時過ぎ、やってきたバイク便に原稿を渡したのち、更に宝の水割を五杯追加で飲んでから、ひとまず寝室に入る。

九月二十七日（木）

午後二時起床。

ひと眠りしている間に、森氏より携帯に原稿受取りのメール、そしてファクシミリで丁寧な読後の感想が届いている。今回も無事採用と相成ったようで、一安心。で、夕方に気分よく、二時間弱サウナ。強制発汗したら、頭がスッキリす。

帰宅してみると、バイク便のポスト投函で早くもゲラが届いている。

翌月七日発売の文芸誌において、二十七日早朝に手書き原稿を渡す方もかなりの無茶だが、それを当月校了号に掲載を間に合わせようとする編輯サイドの方も、これは大概である。

夜十一時までとの戻しのラインが、少しく遅れて十二時半までかかる。

編輯部にとり、これが如何にギリギリの進行であったことかは、十一時を過ぎるとすぐさま森氏より督促がかかり、出来た分から順次ファクシミリでの返送を強いられた一事をもってしても明らかである。

本当に申し訳のない次第だった。が、とあれ間に合って良かった。

これにて「豚の鮮血」三十五枚完成。

「信濃路」にゆきたくなるも、再校での疑問が出た際に備えて自室待機。

缶ビール一本、宝一本。久々にうまく感じる。

九月二十八日(金)

午後一時起床。入浴。のち、二時間弱サウナ。

『クイック・ジャパン』誌の短文のゲラに、手を入れて返送。

先日、この誌から依頼を寄越した編輯者にはファクシミリを入れていた。その後受取りの連絡はおろかゲラも届かないのは不採用となったものか、或いは原稿が不着であるのかと云う問い合わせを、極めて丁重な(自分で云うのも何んだが、しかしエチケット尊重主義の自分としては誠に丁重な)文面でもって、その者に直接行なったのだが、それに対し、この者はすぐとゲラを『新潮』誌の田畑氏宛に送り、自分は氏を通じてそれを入手するに至った。

確かにかの短文の依頼は、はな、この者から『新潮』誌を通じてやってきた。それまで付き合いのなかった媒体からの依頼では、これはよくあることである。が、この編輯者、以前は『朝日ジャーナル』におり、同誌では今年の二月だったかに原発に関するインタビューを自分に対して行なっている。その際、この者はこちらの携帯電話に何度も連絡を入れ、実際にやりとりもしていた。

今回そのゲラ返送はあえてこの者宛に、この者の流儀に合わせた些か非礼なかたちでもって、直接ファクシミリを流してやったが、しかし世の中、変わった奴もいるものである。映画界にしろマスコミ界にしろ、エチケットを弁えぬ田舎者は全く度し難い。この分では、掲載誌すら送ってこない非礼も平然とやってのけることだろう。

稿料だけは取りっぱぐれぬよう、ゆめゆめ気を付けねば。

夜、十条にてレバニラ炒めと餃子ライス。

深更、缶ビール一本、宝一本。

宅配のチラシ寿司二種と、茶碗蒸し二個。ウインナー缶。

九月二十九日（土）
藤澤清造月命日。
室内墓地にて手を合わす。

先日、「風花」で久方ぶりにお会いした、『毎日新聞』の鈴木記者より電話。以前同氏がちくま文庫で十一月に上梓されると云う飲み屋に関するエッセイ集に、以前同紙に掲載された自分へのインタビュー記事を収録したいとのご由。無論、快諾す。

夜七時、銀座にて『週刊アサヒ芸能』の松尾氏と打ち合わせ。十一月からの新連載コラムの件。

九月三十日（日）

午後一時半起床。

夜七時半、暴風雨接近の中、『新潮』の田畑氏と四谷三丁目で焼肉。

同誌十一月号の中篇予定をとばし、急遽『文學界』に別物の短篇を持っていったことへの、衷心よりの釈明と謝罪。まあ、こう云うときもある。

校了明けの田畑氏、この日は重圧業務からひとまず逃れた解放感からか、いつにも増しての健啖ぶり。

そしていつになく携帯をちょいちょい取り上げるので、一寸注視してみると、何やら以前のとは違う機種のよう。

聞けば発売されたばかりの iPhone5 と云うのを、早速入手したとのこと。

氏の新しもの好きも、また大概である。

十月一日（月）

十一時半起床。入浴。

新潮文庫版『どうで死ぬ身の一踊り』の見本と、その購入分の梱包をとく。

で、結句今回もその半数を返品し、代替品を送り直してもらうことにする。例によって、同文庫担当者の、これまで何度となく苦情を申し入れながらも一向に改められぬ不手際によるもの。

自分が本と云うものに関して（それが自著であっても）えらく神経質であることは、これは自分と表層的なつき合いのある者の間で少しく知られるところだ。

自分でも、その点は実のところ些か疎ましくも思っているのだが、持って生まれた性分は如何ともしがたい面がある。

が、それだからこそ、こちらの一種の病につき合わすかたちとなる担当者へは、事前に丁重に、なるべく背文字等にズレがないものを頒けて貰えるようお願いしている。

しかし、この新潮文庫の担当者のみは、同文庫五冊目となる（藤澤清造の二冊を合わせれば七冊目）此度も、やはり日本語が分からぬようなのである。

四度目の際に自分は業を煮やし、この者とは無理であることを申告したのだが、同社の他部署の担当者等に慰留（？）され、一応思い止どまった結果が、やはり相変わらずのこの態である。

その折の慰留の言に、かの者を指して〝真面目にやっているから〟なぞ云うのがあったが、自分としては別段〝真面目〟にやってくれなくてもいいのである。〝普通レベルの完璧さ〟でやってくれさえすれば。

毎度のこと故、怒る気力もないまま電話でこの者に取替えの依頼をすると、かの馬鹿は、「発送の段階で多少のズレが生じることもある」とのいかにも馬鹿な反論をする。これも毎度のこと。

機械折りでズレたものが、発送の段で更にズレると云うことは、新潮文庫のその作業はたまさか故意に本を叩きつけながら結束してると云うことか。そしてそれを版元の担当者が製本所に指示していると云うことか。

くだらぬ屁理屈には、それに見合った屁理屈を丁重に返したくなるのも、自分の持って生まれた性質だ。

十月二日（火）

午後一時起床。入浴。のち、二時間弱サウナ。

夕方、六時半前に室を出て、半蔵門のTOKYO MXへ。

昨日より始まった、同局夜九時からの「ニッポン・ダンディ」生放送出演。

自分はダイアモンド☆ユカイ氏と共に、火曜日のレギュラーコメンテーター。

ユカイ氏とは三月か四月だったかに、フジテレビのバラエティー番組でご一緒させて頂いたことがある。

レッド・ウォーリアーズ時代の強烈なイメージが強かったが、失礼ながら往時に比べると、やはり丸くなられたと云うのがその折の印象であった。

意外にも、氏はこれがテレビの初レギュラーであるらしい。

自分も同様に初のレギュラー番組となるが、しかしこれは些か方角違いのことであり、土台、私小説書きがテレビでレギュラーを得ると云うのは、まこと奇妙な話ではある。

が、従来通り、現在の流れにそのまま身を任せることとする。十一歳のときから、すべてはこの流儀でやってきた。

終了後、いったん帰宅して、そののち「信濃路」。

ウーロンハイ五杯、レバニラ、ワンタン、鯖の塩焼き、冷やしトマト。

最後に冷やしそうめんと、カレーライス。

十月三日（水）

午後一時起床。入浴。

雑用一束、順々に片付ける。

夜、木内昇氏の最新短篇集『ある男』（文藝春秋）より、二篇を読む。さり気ない力作。

深更、缶の黒ビール一本、宝三分の二本。

オリジンのおでん八個と、トンカツ弁当。トマトのサラダ。

十月四日（木）

羽田より、夕刻発つ。

小旅行。

十月六日（土）

夜、帰京。帰室。

留守中に届いていた文藝誌のうち、『文學界』十一月号のみ、封を開く。

「豚の鮮血」掲載号。

「どうで死ぬ身の一踊り」の後日譚である「棺に跨がる」「脳中の冥路」の線上に続く連作。

一昨年の「陰雲晴れぬ」「落ちぶれて袖に涙のふりかかる」「苦役列車」「腐泥の果実」と、四作立て続けに書いた辺りで固めた小説へ対する悪度胸（五流の私小説書きとして生きる諦観、と云ってもよい）が、我ながらいよいよ板についてきた自覚あり。

十月八日（月）

十一時半起床。入浴。

次の短篇二本のネタ繰り。うち一本は、例によっての秋恵もの。

深更、缶の黒ビール一本、黄桜辛口一献五合。

夕方、スーパーで購めておいたカツオの叩きと生食用の帆立。サラミソーセージ。

最後にカップのカレー焼きそばを食して、就寝。

十月九日（火）

十一時半起床。入浴。のち、二時間弱サウナ。

午後六時半着を目指し、TOKYO　MXへ。

同局の控え室にて、打ち合わせ二件。フジテレビとWOWOW。

八時過ぎ「ニッポン・ダンディ」リハーサル。

九時より、火曜日の二回目となる生放送。冒頭コーナーの〝ダンディ・ジャッジ〟、本日は、〈石原慎太郎氏はYesダンディかNoダンディか〉。

無論、自分は小説家としての石原氏、と云う前提の元に、Yesダンディを選ぶ。

終了後、十条に寄り「王将」にて豚バラチャーシューメンと、餃子にライスを詰め込んだのち、帰室。

『小説現代』誌の連載、「東京者がたり」第九回目を書く。今回は〈御徒町〉篇。

午前五時半、同誌の柴崎氏宛にファクシミリで原稿を流し、飲酒に取りかかる。

缶ビール一本、宝三分の二本。

缶詰めのサンマ蒲焼、チーかま二本、サラミソーセージ。

朝八時近くになっていたが、最後に一応サッポロ一番の〝塩〟をすすり、そののち寝る。

十月十日（水）

午後二時半起床。入浴。のち、二時間弱サウナ。

明日収録の番組の、虫食い問題（クイズ問題に非ず）に埋める言葉の用意。意外に手間取る。

夜十時過ぎ、「東京者がたり」のゲラが出たので、訂正を入れて返送。

深更、缶ビール一本、宝三分の二本。

手製のベーコンエッグ三個と、オリジンの海老とブロッコリーのサラダ。

最後に、トンカツ弁当を平らげてから就寝。

十月十一日（木）

午後一時起床。入浴。のち、二時間弱サウナ。

夜七時に室を出て、砧のＴＭＣへ。

フジテレビの、ゴールデンタイム新番組の収録。*

八時に着くと、ワタナベエンターテインメントの土居氏と共に、『新潮』誌の田畑氏も待っていてくれる。

パソコンによる回答形式の番組な為、それの操作が一切できぬ自分は、苦肉の策として田畑氏を〝代打ち〟に指名した。即ち、自分が回答を出し、田畑氏がそれを打ち込む二人三脚でのスタイル。一昨日に電話で打診した際、氏は何か満更でもなさそうな感じだったが、会社の許可を得て、ネクタイ着用でちゃんとやって来てくれた。氏にはギャラも出ないのに（かつ、新潮社は残業手当てがつかないので、編輯者としての給料外のことともなる）ありがたいことである。その田畑氏を、自分は「出たがりバタちゃん」なぞと呼んでやる。

前室で、この回の審査員役の大竹まこと氏が、『文藝春秋』誌に書いた自分の雑文を褒めて下さったことに感謝す。で、つい調子に乗って、少しくお話なぞさして頂く。昨年、芥川賞受賞直後だったかに、大竹氏のラジオ番組にゲストで呼んで頂いたこともあった為、どこか心易くしてしまったかと、後で反省。

九時廻しで、深更二時に終了。

その間、田畑氏は自分の対戦時のみの出演で、あとはヒナ壇には登らずどこかへフ

＊「世界は言葉でできている」10月24日放送

レームアウトしていた為、てっきり帰ったものかと思っていたら、楽屋で最後まで待っていたようである。

仕方なく、共に鶯谷まで足を伸ばし、「信濃路」にて反省会。

生ビールとウーロンハイ。

自分は生姜焼き、ウインナー炒め、ワンタン、チンゲン菜のニンニク炒めを食べ、最後にオムライスと味噌汁。

田畑氏はシューマイ、ハムカツ、ワンタン、白菜キムチを頼み、最後にソース焼きそばと味噌汁。

明け方四時半に解散。

夏場と違い、外がまだ薄暗いままの季節に移ってくれているのが、何んとも救われる気分。

十月十二日（金）
午後十二時半過ぎ起床。入浴。
WOWOWの番組での、〝解答〟となる〝ストーリー〟を作る。
これも些か手間取ってしまう。自分は小説書きと云っても、あくまでも自身が経験した範囲内での物語しか構築できぬから、かような、若い女性を主人公とした空想話を作るのにはひどいテレを覚えてしまう。分不相応。

夜、十条で、げんこつチャーシュー麺と餃子。

コンビニで「静かなるドン」のコミックス、第104巻を購めて帰室。

二時間程、リビングの床《ゆか》でうたた寝。

深更、缶の黒ビール一本、宝三分の二本。

手製のウインナー炒めとレトルトのカレー。

最後に、袋入りのマルちゃん天ぷらそば。

十月十三日（土）

午後一時起床。入浴。のち、二時間弱サウナ。

ゴミが一つ片付いたらしい。

『新刊ニュース』十一月号着。〈つい人に勧めてしまいたくなる3冊〉のアンケート掲載号。

十月十五日（月）

十一時半起床。入浴。のち、二時間弱サウナ。

午後六時到着を目指し、新潮社へ。

久方ぶりの取材日。有難い限り。

まず、ファッション誌の『BITTER』。

続いて七時過ぎより、『BIG tomorrow』誌。

後者の写真撮影で、初めて本館の資料室（の、トバ口）に入る。小サイズの図書館みたいな感じ。

終了後、文庫の者が弁解の機会をどうたらこうたら、との、自分とのムシのよい接触を図らんとする打診を丸無視し、『新潮』誌の田畑氏と四谷三丁目に赴く。

焼肉を鱈腹食い、最後に、余ったハラミをお菜としてライスの大盛りと玉子スープを詰め込んだら、最早動くのも大儀となる程に苦しくなる。

で、一軒のみで解散し、タクシーで帰宅。成程、自分は益々肥え太るわけである。

十月十六日（火）

十一時半起床。入浴。のち、二時間弱サウナ。

帰宅後、小不快事あり。気分悪し。

取りかかっていたゲラを放棄。馬鹿馬鹿し。

夜七時半、半蔵門のTOKYO　MXへ。

『ニッポン・ダンディ』生放送出演。

リハーサル時に、昨日インタビューをして下すった『BIG tomorrow』誌の、改めての写真撮影あり。

十時半帰室。

深更一時、鶯谷の「信濃路」にゆき、一杯飲みながら『en-taxi』誌用短篇のネタ繰り。

生ビール一杯、ウーロンハイ五杯。

レバーキムチとウインナー揚げ、餃子。最後に、味噌ラーメンと半ライス。

十月十七日（水）

午後一時起床。入浴。

不快は続く。

気分転換に玄関の靴箱上の額を、太宰治の自筆葉書（決してファンではないのだが）から大河内常平の自筆葉書に入れ替え、その横の平賀元義の短冊を川上眉山のものに差し替える。

夕方、浅草に赴き演芸ホールにて時間を潰す。

回転寿司に一寸毛の生えたような店で、握り寿司二十四貫を食べて帰室。

深更、缶ビール一本、黄桜辛口一献五合。

手製のスクランブルエッグと、ウインナー缶。チーズを挟んだ竹輪のパック。

最後に、マルちゃんの袋入りカレーうどんをすすって寝る。

十月十八日（木）

午後一時起床。入浴。のち、二時間弱サウナ。

大森望氏の最新刊『新編SF翻訳講座』（河出文庫）を読む。『SFマガジン』に連載された、軽妙なエッセイ集。

SFと云えば海野十三、蘭郁二郎を読んだ程度で（イヤ、小学生時分には、姉の本棚にあった眉村卓の角川文庫もいくつか読んだ。そして、後年には田中英光の関連で田中光二氏も……）、それらも余り面白くは感じなかったような自分にも、これはその筆致の故にか、楽しく通読。

夜六時四十分、四谷三丁目にて幻冬舎の永島、有馬氏と打ち合わせ。

五年前に一度、そして四年前にもう一度、両氏とは小説の打ち合わせをしたことがあった。が、根が小説を書くのに不向きな自分は、ついぞ何も提出することができず、また没交渉となっていた。

三度目の正直ではないが、今度こそ貫多に、これまで馴染みの薄かった千駄ヶ谷界隈を徘徊させてやりたいものだ。

十月十九日（金）

午後一時起床。入浴。

郵便局にて、特別区民税の第一期分と二期分を払い込む。延滞利息込みで、併せて百七十万円。月額にすると、同年代のサラリーマンの月給分を丸々住民税に持ってかれていることになる。無論、所得税とは別個にだ。更に今年はあと三、四期がある。実に馬鹿馬鹿し。

『俳句界』十二月号用の葉書アンケートを書いて、投函。

『小説現代』十一月号が届く。「東京者がたり」第九回掲載号。カットを見るのが毎号楽しみ。

夜、十条で、ネギ味噌チャーシュー麺と餃子。

深更、缶ビール一本、黄桜辛口一献五合。

スーパーで購めた、生食用の牡蠣とマグロのお刺身。

最後に、チャルメラの〝どんこつ〟をすすって寝る。

十月二十日（土）

十一時半起床。入浴。

夜七時、鶴巻町の「砂場」にて、『新潮』の田畑氏と同社文庫の者と和解の一席。の、つもりであったが、文庫の者がチラリと見せた、不貞腐れた態度と魔太郎めいた目つきに自分は激昂し、一時間も経たぬうち、強制的に追い払う。

退出の際、挨拶もなく立ち去ろうとするのを呼びとめ、その重ねての非礼を店内中の注視も忘れて叱りとばす。

向後、自分はこの馬鹿と同席することは一切ないが、もし何かの折に見かけても、最早この馬鹿に対しては子供の使い以上の扱いはできぬであろう。

事故処理能力のない編輯者は、ただの無能な一会社員だ。えらそうに編輯者ヅラなぞするべきではない。こんなのに、こちらの生命与奪権を握られているかと思うと、本当に腹が立つ。

鳥せいろの大盛りと天丼を平らげたのち解散する段になり、自分は先程の馬鹿が店を出たところで刃物を構えて待ち受けているのでは、と笑いながら言うと、田畑氏はこれに真顔で店外を目視す。

氏にとっては、あながちジョークとも思えなかったものらしい。実に馬鹿馬鹿し。

十月二十二日（月）

午前八時起床。入浴。

左足に、軽く痛風の兆候。

十一時半着を目指し、砧のＴＭＣに向かう。

ＷＯＷＯＷの特番収録。

はな、共通の冒頭とラストのシーンを与えられ、その間の物語を作って四人で競い合う内容。ＭＣはいとうせいこう氏等。

夕刻帰室したのち、ひと眠りする。

深更、『週刊アサヒ芸能』の、十一月六日売り号からの新連載「したてに居丈高」

の第一回目を書く。

サブタイトルは編輯部にお任せしたが、このメインタイトルの方は提案されたものをお断わりし、自分でつけさして頂いた。我ながら、自身の稟性《ひんせい》を言い得て妙のような気がする。

ファクシミリで送稿後、晩酌。

十月二十三日（火）

午後一時起床。

痛風発症。今回は右の膝に出た。

その部分が腫れ上がり、痛くて屈伸が利かぬ。

が、悪いことに今日は火曜レギュラーの『ニッポン・ダンディ』生放送があり、その後もかねてから予定の入っていた、絶対に外せぬ野暮用がある。

痛み止めを飲み、夜七時半に半蔵門のＴＯＫＹＯ　ＭＸへと向かう。

十時終了。そののちタクシーで浦安へ。

十月二十四日（水）

午前中から、銀座で買い物。が、自分は右足が痛くてどうにもならない。

午後二時半過ぎに空港までゆき、夕方、タクシーで一人帰室。

すぐさま床《とこ》に臥す。

深更、痛みを紛らわす為に宝一本。飲んでる間は少しく楽になる。

十月二十五日（木）

十時半に目覚めるも、一向に痛みの引かぬ（横になっていると、痛みを感じぬ数刻がある）右膝の為、すぐとは起きれず。

午後一時、平生は十分程度の入浴を、同じ一連の動きながら三十分近くかかってすませ、一昨日来届いていたファクシミリの確認。

うち一通に、新潮文庫編輯部の奇妙な姓の者から、少しく不快な内容のものがある。

あとで聞いたところによると、その者は文庫に先般新着任した部長らしい。早速にその者に宛て、下記の一文をファクシミリで返信。

〈○○○宛　（注　その新任の文庫部長の個人名。以下○○は個人名等）

24日付のファクシミリに目を通しました。おおよその文意は察しました。

一点疑問なのですが、当方は新潮文庫編集部の○○と云う者に（以下三行に、この者に問い合わせた件のことを記している）

それが当人からは一言の説明がないのは、どうしたわけでしょう。一体、貴殿は何者ですか？　何ゆえ貴殿のような犬や○○と同列のような者から、かような唐突で非礼極まりない、不自由な日本語によるファクシミリを送りつけられてきたのか、その謂れが判然としません。

社名を肩書きに使用される以上、も少し礼儀を弁えられた方がよろしいかと存じます。

10月25日　西村賢太〉

まったく、エチケットを知らぬ馬鹿が多くて困る。非礼な者に対しては、それに合わせてあげた返答をするのが自分流のエチケットである。

夜、宅配中華で焼きそばと青菜炒め、春巻。

深更、黄桜辛口一献五合。

パック詰めのおでんとシーチキン一缶。

最後に緑のたぬきをすすり、痛み止めを服んで寝る。

十月二十六日（金）

午後一時、ようやく布団から這い上がる。

痛み出し直後に無理をして歩いたせいか、今回は腫れが未だに引かない。自分の場合、痛風三日（痛み出したのち、一応歩けるまでに恢復するまで大抵三日間を要する）がいつもの例だが、これで四日を経て、一向によくならない。

気分が滅入る。

夜、宅配弁当。

深更、宝一本。

そう云えば、今日は昼過ぎに例の文庫の者（拙著のこれまでの窓口役で、先般「砂場」で叩きだし、その後、自分とのトラブルの処理を上司に一任したうつけ者）から連絡があった。昨日、自分がその上司に送ったファクシミリを受けてのことだろうが、その〝経緯の説明〟を、この期に及んで何んと電話で寄越してきた。しかも留守電に吹き込むと云うかたちで。

すでにこの馬鹿に関しては何をかいわんやだが、上司が上司なら部下も部下、と云った感じである。馬鹿馬鹿馬鹿し。

十月二十七日（土）

午後一時、布団より這い上がる。

依然、痛し。三年前にも右膝に出て、そのときは都合十日間寝込んだことがあった。今回はどうもそのパターンだが、三年前と違って現在は些か仕事もあり、外に行かなければならない用も多いので、この状態は甚だ困る。

頭はハッキリしているものの、やはり痛みに集中力を遮られて文章がまとまらぬ。

夜、宅配寿司二人前。食欲は普通にあるのが、何んとはなしに不甲斐ない。

深更、宝一本を握り寿司で飲む。

十月二十八日（日）

藤澤清造生誕日。百二十三年前の今日、この世に生まれたと云うことだ。自分よりか七十八歳の年上。そう考えると、はるか遠い感じの人になってしまう。

痛風、右膝の腫れと痛みは少しくおさまる。が、代わりに今度は右の踝《くるぶし》の内側に腫れが出てきた。

厄介には違いないが、しかし自分にとって、これはまだ膝よりは都合が良い。二十七歳時からの痛風持ちである自分（但、その頃は痩身であった）は、ご多分に漏れずその発症は左右の足の親指付近や踝にみることが多いのだが、それだけにこの付近の痛みならば、多少はその付き合い方を心得ているのである。痛んでも、騙し騙しの歩行法を、その後の十八年の間に何んとなくマスターしている。

膝はこれが二回目のことだけに、どこに力を入れれば僅かにでも痛点を避けられるか、その要領をまだ飲み込めてはいない。

夜、TSUTAYAの『シネマハンドブック』用の原稿を書く。

一つのテーマを設けて、そのカテゴリーの映画十作品を選び、それぞれコメントを付すと云うもの。自分が選んだテーマは、〝横溝正史原作映画の十作品〟。

原稿用紙五枚分。

十月二十九日（月）

藤澤清造月命日。

午後一時起床。入浴。

痛風長引く。病院処方の強い痛み止めを服む。

午後七時、新宿一丁目にて本谷有希子氏と対談。

『en-taxi』次号用の企画。

十時半過ぎに終了後、本谷氏とその女性マネージャー氏、『en-taxi』誌の田中陽子編輯長と共に「風花」へ流れる。

女性用ショーツの〝クロッチ〟について熱く語り合う。

午前二時過ぎ解散。

足の痛みも暫時忘れる、楽しき一夜。

十月三十日（火）

十一時半起床。入浴。

依然、足痛し。

痛み止めを服み、午後七時十五分到着を目指し、TOKYO MXへ。

同局控え室で、先日のWOWOWの特番での追加撮影。二十分程かかる。

その後、九時より「ニッポン・ダンディ」生放送出演。

いい具合に痛み止めの効果あり。

帰途、白山通りの西片辺でラーメンと炒飯を食して、改めて帰室。

原稿仕事、はかがゆかず。

明け方、黄桜辛口一献五合。

オリジンのおでん六個と、トマトのサラダ。

最後に、特のり弁当の大盛りを詰め込んで寝る。

十月三十一日（水）

午後一時起床。入浴。

足、相変わらず。

午後五時、テレビ朝日本社へ。

到着と同時、まず深夜枠のバラエティー番組で使うと云う、挨拶文の一節を撮影込みで何枚か書く。

そののち、六時過ぎ廻しで、学生服着用のクイズ番組の収録*。

九時前に終了。

十条に戻り、「王将」で東京ラーメンと炒飯、餃子を食べてから帰室。

原稿、はかがゆかず。

明け方、宝三分の一本。

＊「Qさま!!」11月26日放送

オリジンの鶏カラと、カボチャの煮付。とん汁二杯。
最後に、白飯とスキヤキ味のふりかけ。

十一月一日（木）

午後一時半起床。入浴。足、まだまだ痛むが、それを引きずり二時間弱サウナ。
帰室後、田中慎弥氏の芥川賞受賞後第一作、『夜蜘蛛』（文藝春秋）を読む。面白い。
布団に腹這ってノートに向かうも、こちらも依然、はかがゆかず。
深更、缶チューハイ一本、四百円の白ワイン一本。
缶詰めのサンマ蒲焼きと、シーチキン。レトルトのクリームシチュー。
最後に、ラ王の正油味をすすって寝る。

十一月二日（金）

午後十二時半起床。入浴。
三時半到着を目指し、テレビ朝日本社に向かう。
一昨日、別撮り部分を済ましていた深夜バラエティーのスタジオ収録*。
四時半廻しで、六時前には終了。

ワタナベの土居氏より、自分宛に同社へ送られてきた満寿屋の包みを渡される。先日のMX「ニッポン・ダンディ」内のコーナーで満寿屋の原稿用紙が紹介され、その際、自分も平生そこの用紙を愛用している旨を伝えたことによるものらしい。包みには満寿屋の社長直筆の丁重なお手紙も入っており、過分のお心遣いに恐縮す。もとより自分は、同人誌時代からこの社の用紙を使っていた（その頃は二百字詰のを使っていたが）。のちに第百十一番の、クリーム色の紙にグレーの罫がかかった四百字詰のものに変えたが、白い用紙のように目に刺さってくることもなく、書き易いのが魅力なのだ。コンビニなぞでも手に入る、廉価でポピュラーな原稿用紙なら、いつでもどこでも購められる利点はあるが、あれは小、中学校の頃でも国語の授業時に使っていた記憶があるせいか、何か無理に作文を書かされているような厭ったらしい気分になってしまう。

なので日数はかかっても文房具店で取り寄せていたのだが、今ではこれ以外の紙だと、一寸小説を書ける気がしないまでの愛用品となっている。

それだけに今回のお心遣いは、まことに身に余る光栄と云うべきものであった（そう云えば吉行淳之介だかが書いていたと思うが、満寿屋の原稿用紙を使用すると芥川

＊「中居正広の怪しい噂の集まる図書館」11月13日放送

賞を獲れるとのジンクスが、昭和四十年代の頃より囁やかれだしたとのこと。してみると、自分ごとき者が何んとかこのジンクスの末端に列なることができたのも、これまた大変に身に余る光栄と云うべきであろう）。

帰室後、本日締切の『週刊アサヒ芸能』連載、「したてに居丈高」の第二回を書いて、ファクシミリで送稿。

十一月三日（土）

田中英光祥月命日。〝ひとり野狐忌〟を行なっていたのも、今は遠い昔。

夜七時、フジテレビの湾岸スタジオへ。

明石家さんま氏の番組の収録*。

十八名の〝非モテ〟系のお笑い芸人等が恋愛に関する二択問題で競い、最後に残った不正解者を〝結婚不適合者〟に認定すると云うもの。なぜかその内の一人にまぎれ込む。

終了後、楽屋にてこの番組の宣伝用としての、『ザテレビジョン』のインタビュー取材。

十一月四日（日）

午前八時起床。入浴。
足、七割方回復す。
十一時過ぎの東北新幹線で仙台へ。
東北大学の、学園祭トークショー出演。
一時間程喋り、夕方四時半の新幹線でそのまま帰京。
東京駅で晩酌用の駅弁を三つ購めて帰室。
深更の原稿、はかがゆかず。
タレント気取り風な一週間を経《た》てた報いか。

十一月五日（月）

十一時半起床。入浴。
右足、九割方恢復。しかし一応、引き続き痛み止めを服用。
午後六時到着を目指して、フジテレビの湾岸スタジオへ。
＊「ホンマでっか!?TV」11月21日放送

深夜枠の、とんちクイズ番組収録＊。

八時終了。

十条に寄り、「王将」で、王将ラーメンセットを食べて帰室。

深更、宝缶チューハイのグレープフルーツ味一本と、宝三分の二本。

オリジンのおでん七個と、海老とブロッコリーのサラダ。とんかつ弁当大盛り。

十一月六日（火）

午後一時起床。入浴。

コンビニで『週刊アサヒ芸能』を購む。今号より、コラムの新連載。掲載誌の寄贈分は明日の到着になろう。なので今夜のテレビ生放送で告知する為に入手す。

夜七時、TOKYO MXへ。

控え室にて、まずNHKのEテレ番組との打ち合わせ。

八時過ぎより、「ニッポン・ダンディ」の打ち合わせとリハーサル。

で、九時より生放送。いつもながらダイアモンド☆ユカイ氏に助けられる格好で、火曜日第六回目も何んとか終了。そう云えば、先週の番組収録でご一緒させて頂いた、俳優の村松利史氏は〝火曜ダンディ〟を毎週見て下すっているとのこと。うれしい限り。

帰路、西片町のラーメン屋で、ネギチャーシュー麵の大盛りと餃子、半チャーハンを食し、しかるのち改めて帰室。

今夜は晩酌を控えて、午前二時には床《とこ》に就く。何年かぶりの休肝日のかたち。

十一月七日（水）

午後十二時過ぎ、西新宿到着。

十二時四十五分より、石原慎太郎氏と対談。

ＴＯＫＹＯ　ＭＸで、氏が月一回行なっている対談番組**での相手として。

ゲストの選定はすべて氏の意向で決めているそうだから、自分としてはこんなに光栄なことはない。

それは自分が氏を小説家としてのみの面で、大尊敬しているからだ。

はな、七月に予定されていたのだが、その時期に氏は公務出張先の海外で風邪をこじらせることとなって、結句日延べになった。今回も急転回された氏のご状況がご状

＊「ソモサン⇕セッパ！」11月20日放送
＊＊「東京の窓から」平成25年1月5日放送

況だけに、再度流れるかと覚悟したが、無事実現の運びとなった。

当然、話は終始、小説に関することのみ。

一点放たれた、「暴力に関しては力を貸せよな！」との独特の小説家ジョークが健在だったことも、大層うれしかった。

サインを入れて貰うつもりで持参した、七月に入手したばかりの『太陽の季節』限定十五部、著者肉筆油絵自装本（昭55　成瀬書房）をお見せすると、氏は大変に驚かれ、現在手元にもなく、探していたから売ってくれとのこと。無論、一も二もなく喜んで進呈する。こう云うものは、著者ご自身が架蔵する必要がある。

自分の小説書きとしての、得難きひととき。

十一月八日（木）

午後一時起床。入浴。

インタビューや対談のゲラ、映画『苦役列車』DVD関連のチェック確認物等、次々と届き、一つずつ始末してゆく。

午後五時着を目指し、渋谷のNHK放送センターに向かう。

Eテレ平日夜の帯番組の収録。*生活保護問題の討論的な内容。

終了後に少しお話しさして頂いた、司会の山田賢治アナウンサーの真摯なお言葉が印象に残る。

ここしばらく少し立て込んでいた、外出を要する用件はこれにてひとまず終了。

帰宅後、とりあえず他のことはストップして、提出期限を過ぎてしまった『en-taxi』誌の短篇に取りかかる。

が、例によって例の如く、スタートダッシュに見事しくじり、結句朝までかかってノート一頁分しか書けず。

朝方、缶チューハイ一本、宝一本を飲んで寝る。

十一月九日（金）

午後一時半起床。

昨夜の収穫分のノート一頁を、原稿用紙に清書す。珍しく、まだタイトルは決まらず。

続いて本日締切の『週刊アサヒ芸能』連載、「したてに居丈高」の三回目にとりかかる。

＊「ハートネットTV」11月19日放送

深更より、短篇の続きを書く。

たった二十枚だから、二日もあれば清書まで終わるだろうと、はな嘗めてかかったのが大間違い。今夜もノート四頁分にてダウンする。

十一月十日（土）

夜、雑用にて外出。

深更、短篇の稿を継ぐ。本日完成させるつもりが、どう云うわけかとどめを刺し損ねる。

ノート八頁分。二十枚までにあと二、三頁分足りないが、頭の動きが最早限界。

すでに『en-taxi』の田中陽子編輯長には、月曜夕方五時までの最終延長はもらっているが、清書と全体の訂正時間を入れると、それもギリギリの感じ。

十一月十一日（日）

短篇書き上げ、急いで清書に移る。

同時にもう一点、少々面倒なことになった対談ゲラの戻しが翌朝までとの約なので、途中でいったんそちらにかかりきる。

朝方清書終わるが、自分としては些か酷使した頭の機能が止まりかけている為、訂正は明日に持ち越し、宝半本飲んで寝る。

十一月十二日（月）

起きて入浴後、すぐと昨日書き終えた『en-taxi』誌の短篇の訂正に取りかかる。我ながら、相変わらずテニヲハのおかしいところが多く、今回もまた、何んの為の清書だったのかよく判らぬまでの加筆を施してゆく。

午後四時を過ぎ、題を「形影相弔《けいえいそうちょう》」と付けた上で、どうにか送稿す。

午前零時を廻った頃、『en-taxi』編輯部からゲラがバイク便で到着。

再び活字上での、最終的な微調整を加えてゆく。

明け方五時前にファクシミリにて戻す。とあれ、これにて完了。

宝の缶チューハイを二本飲んだのち、宝三分の二本。

レトルトのカレーと、シーチキン一缶。到来物の深谷せんべい七枚。

最後に、緑のたぬきをすすって寝る。

十一月十三日（火）

午後二時起床。入浴。

夜七時半、半蔵門のTOKYO　MXへ。

九時より、「ニッポン・ダンディ」生放送出演。

十時終了。

帰路、西片町に寄って、ネギチャーシュー麵と半チャーハン。この流れは三週連続のこととなり、そろそろ習慣化しつつある。

明け方の晩酌、本日より口あけは缶ビールに戻す。500mlのを一本飲んだのち、黄桜辛口一献五合。

オリジンのカキフライと、豚の味噌焼きの弁当に、おでん七個。とん汁二杯。

買淫がしたし。

十一月十四日（水）

午後二時起床。入浴。のち、二時間弱サウナ。

インタビューのゲラと、Eテレホームページ用のコメントの修正。

京都の高校の図書部から来ていた、読書アンケートを書き込む。

ワタナベエンターテインメントより〝明細書在中〟の封筒が届く。

先月分のギャラのそれは、先週すでに届いている。訝しく思いつつ開封してみると、
此度は〝賞金〟の別途振込みの知らせ。

いつだったか、クイズ番組の団体戦で優勝した際のものらしく、その、きっちり頭割りの金額が記載されている。

かようなものが、本当に貰えることに一驚し、何がなし感心す。

原稿、はかがゆかず。

明け方、缶ビール一本、宝一本。

十一月十六日（金）

午後二時起床。入浴。

二本の、予定に入れてもらっていた新年号用短篇原稿のうち、一本（今取りかかっているほうの）を断念す。時間的に、これ以上引っ張っていると両方とも間に合わなくなる。

で、そうと決まれば、とり急ぎ今日の日中が締切だった、『週刊アサヒ芸能』の連

載コラム第四回に取りかかる。

十一月十七日（土）

午後一時起床。入浴。

『en-taxi』編輯部より、「形影相弔」の『ブルータス』誌転載用ゲラが届く。〝文芸ブルータス〟なる企画で小説特集を組み、各文芸誌から編輯長推薦の至近掲載短篇作を再録するとのこと。

掲載作も何も、自分の場合はまだ初出自体果たしてないが、当然『en-taxi』誌の方が数日早くの発売となるのであろう。

もう一本の新年号用の短篇の構成を立て、何んとか設計図を作れるところまで持ってゆく。

十一月十八日（日）

短篇書き始める。

が、五十枚見当は目測誤まりであるような気配を、この時点でヒシヒシ感じる。

十一月十九日（月）

午後一時半起床。入浴。

六時到着を目指して新潮社へ。

本館会議室にて、『毎日新聞』のインタビュー取材。

此度の総選挙についてのこと。

七時に終了後、『新潮』の田畑氏と鶴巻町の「砂場」にゆく。

五十枚見当で着手した短篇、目算違いで、この枚数ではおさまりそうもない旨をありていに告げ、別の筋を立て直したい希望を伝える。で、それに当たっては期日の関係上、三十枚ものでいいかとの打診をし、とりあえず了承を得る。

天丼とミニせいろを平らげて帰室。

十一月二十日（火）

午後一時起床。入浴。のち、二時間弱サウナ。

七時半にＴＯＫＹＯ　ＭＸ入り。

同局の番組「東京の窓から」より、石原慎太郎氏の自分宛署名入本二冊を受け取る。先日の対談時、氏は新刊の評論選集『石原慎太郎の思想と行為』の既刊分、第一巻と二巻（産経新聞出版）を下すった。

自分はそこへ図々しくも署名を所望したのだが、それを同番組のスタッフが別撮りしたいからとのことで、その日は預けて帰ってきた。それの返却分（このときは自分の方からも、既述の『太陽の季節』限定十五部本の他に、『生死刻々』（文藝春秋）を持参して、後者に署名を入れて頂いた。拙著の『随筆集　一日』のカバーの紙は、該書と同じにしてもらえるよう版元に懇願した経緯も、いつだったかすでにこの日記中に書いた覚えがある）。

九時より、『ニッポン・ダンディ』生放送出演。

帰路、西片町に寄り、ネギチャーシューメンの中盛りをすすったのち、改めて帰室。『新潮』用の新たな三十枚、おおむね筋がまとまり、例によって設計図を作成。これでもう、書けたも同然。

最終期日を二十七日朝までに設定し直してもらえたので、この日は早々に晩酌。缶ビール一本、宝一本。

先般、仙台に行った際に購めておいた、冷凍の厚切り牛タンを焼く。それとキムチ。

最後に、冷凍ピラフを二人前食べて寝る。

十一月二十一日（水）

午後十二時起床。入浴。のち、二時間弱サウナ。

『en-taxi』三十七号が届く。

短篇「形影相弔」、及び対談掲載号。

『新潮』誌の短篇、改めて新規に書きだす。

ノートに四頁。自分としては、まずまずのすべり出し。

明け方、缶ビール一本、宝三分の二本。

手製のハムエッグ三個と、シーチキン一缶。

カップ焼きそばを食べて就寝。

十一月二十二日（木）

午後二時半起床。入浴。

『週刊アサヒ芸能』連載コラム、「したてに居丈高」第五回を書いて、ファクシミリにて送稿。

『俳句界』十一月号が届く。アンケート回答掲載号。

短篇、ノートに三頁。但、これは昨年母から届いた二十数年ぶりの消息を伝える手紙を、ほぼそのまま引き写した部分。

この来簡を軸にした話なのだが、そこからパタリと手が進まなくなる。

明け方まで粘るも、はかがゆかず。

カルピスサワー一本と、四百円の白ワイン一本を飲んで寝る。

十一月二十三日（金）

午後二時起床。入浴。

一日が、雑用にて潰れる。

ノートは触れもせず。

十一月二十四日（土）

午後一時起床。入浴。

日中、ノートに書いた七頁分を、原稿用紙へ清書す。

深更より続きを書きだし、ノート十二頁。

十一月二十五日（日）

午後三時起床。入浴。
痛風発症。今度は左足の踝。ストレスの故か。
昨夜の下書き分を清書。
深更、ノート六頁分を書き継いで、朝方ひとまず完成。
黄桜辛口一献を五合飲んで寝る。

十一月二十六日（月）

午後二時起床。入浴。
今朝がた下書き分をすべて書き終えた、『新潮』新年号用短篇の清書に取りかかる。
夜九時過ぎに終わり、一度外出。
駅前の「富士そば」で、春菊天のおそばとカツ丼を食べ、煙草を購めて帰室。
再び風呂に入って、深更零時過ぎから訂正作業にとりかかる。
午前四時過ぎ、きっかり三十枚にて終了す。
題名は「感傷凌轢」。

新潮社のアカウントのあるバイク便を呼び、五時半過ぎに渡す。

一杯飲んで寝る。

十一月二十七日（火）

午後一時起床。入浴。

程なくして『新潮』誌の田畑氏より連絡があり、今回も無事採用となる。一安心。

二時間弱サウナに出かけて発汗し、少しく頭をハッキリさせる。

夜七時、室を出てTOKYO MXへ向かう。

九時より、『ニッポン・ダンディ』生放送出演。

十時終了。

西片町で、つけ麵の中盛りをすすったのちに帰室。

と同時に、恰度『新潮』より、今朝方送った「感傷凌轢」の著者校用のゲラがバイク便にて届けられる。帰宅を狙いすましたかのようなタイミング。

深更二時過ぎ、再度微調整を加えたものをファクシミリにて送稿。これにてこの短篇、完全にわが手を放れる。

疲れがピークに達している感じなので、早々に晩酌。

カルピスサワー一缶。宝半本。

魚肉ソーセージ二本と、サッポロポテト一袋。

飲むのも食べるのも軽めにして、明日に備えてそそくさと就寝。

十一月二十八日（水）

午前十時半起床。入浴。眠し。

午後二時過ぎ到着を目指し、テレビ朝日本社へ。

学生服着用のクイズ番組の、SP版収録*。

休憩時間に、同じく出演者の百田尚樹氏、佐戸井けん太氏、田尾安志氏とお話をさして頂く。初めてお会いした百田氏、ベストセラー作家的尊大さのない、感じのいいかたであった。

夜九時に、自分の出番は終わる。

帰室後、『新潮』の田畑氏より校了の連絡がくる。

『文學界』のは落とす格好となったが、何んとか『en-taxi』と『新潮』の二本は間に合ってよかった。

*「Qさま!!SP」12月17日放送

晩酌。深更、横溝映画の『蔵の中』DVDを観返しつつ、久々にひろびろとした心持ちで

手製のハムエッグが大層に美味しい。

明け方、ゆったりした気分で就寝。

十一月二十九日(木)

藤澤清造月命日。

午後三時起床。入浴。のち、二時間弱サウナ。

帰室後、町田康氏の最新刊『スピンク合財帖』(講談社)を読む。

いつの間にか、自分もスピンクファンになっている。

夜、十条にて炒飯と餃子。初めて入った中華店だが、量が多くて大いに気に入る。

そして安価。

その腹持ちの良さの為、深更に赴くつもりだった「信濃路」は取りやめ。虚室にて

晩酌す。

カルピスサワー一缶と宝三分の二本。

手製の野菜炒めと、チーかま二本に、チーズを二片。

最後に、でかまるの〝塩バター〟をすすって寝る。

十一月三十日（金）

午後一時半起床。入浴。

火曜日にワタナベの土居氏から頂いた、インタビュー掲載の「ザテレビジョン」を瞥見し、『ダンディ』の先週分の同録DVDを眺む。

仕事の予定を立て直す。来月は随筆が、自分としては随分と立て込んでいる。

十二月一日（土）

午後一時起床。入浴。

月末の払い一式を忘れていたことに気付く。

第三期分の特別住民税も、いつの間にか支払い期日を過ぎていた。今回納める額は八十三万円。理不尽。

二月号にスライドしてもらった、『文學界』用の短篇の筋を立てる。

夜、十条の先日の中華屋で、担々麵と半炒飯のセット。

たこ焼き屋で、ネギたこを二パック購めて帰室。

十二月二日(日)

午後一時起床。入浴。

『週刊アサヒ芸能』連載コラム、第六回を書いて、ファクシミリにて送稿。

本日中にゲラも戻す。

深更、缶ビール一本、黄桜辛口一献五合。

冷凍保存しておいた焼鳥七本と、パック詰めのおでん。

最後に、マルちゃんの袋入り天そばをすすりて、のち寝に就く。

十二月三日(月)

十一時半起床。入浴。

午後三時、半蔵門のホテルにて、岩井志麻子氏と対談。

『週刊アサヒ芸能』新春号での企画。

四時半終了。

池袋に赴き、来年用のカレンダー(これは毎年、同じものを同じ東武デパートの伊東屋で入手しないと気が済まない。使い終わった裏面は創作の設計図用紙として不可欠なものだし、二〇〇五年以降、ずっとそれを使い続けているので、少々ゲン担ぎの意味合いも含んでいる）を購め、地下の食品売り場で、焼鳥と鰻の蒲焼を買う。

深更、蒲焼で黄桜辛口一献五合。

最後に、やはりデパ地下で買った、まい泉のとんかつ弁当を食べて、しかるのち就寝。

十二月四日（火）

午後一時半起床。入浴。

夜七時半、TOKYO MX入り。

九時より、『ニッポン・ダンディ』生放送。

十時終了。

帰途にこの日も西片町に寄り、ネギチャーシュー麵の中盛りをすする。

帰室後、水道橋博士氏の新刊『藝人春秋』（文藝春秋）を読む。まことに滋味深き名文。好著。

先週だかに、新潮社経由で届いていたインタビュー掲載誌『BITTER』と『BIG to-morrow』を拾い読みす。

深更、カルピスサワー一缶。黄桜辛口一献五合。
手製の野菜炒めと、レトルトのクリームシチュー。チーズ一片。
最後に、マルちゃんの袋入りカレーうどんを煮て食す。

十二月五日（水）

午後一時起床。入浴。のち、二時間弱サウナ。
深更、『週刊アサヒ芸能』の連載コラム、第七回を書く。
そののち、カルピスサワー一缶と宝三分の二本。
夕方にスーパーで購めておいた、サーモンのお刺身と惣菜のアジフライ、いなり寿司。
最後に、カップヌードルの〝カレー〟をすすって寝る。

十二月六日（木）

午後一時起床。入浴。
『新潮』新年号届く。
拙作短篇、「感傷凌轢」掲載号。

深更、『週刊アサヒ芸能』コラムの第八回目を書く。年末年始進行用の第一弾。書き終えると同時に晩酌開始。カルピスサワー一缶と、宝三分の二本。手製の、ウインナーの中濃ソース炒めと、冷凍食品のハンバーグ。最後に、冷凍しておいたオリジンの白飯。

十二月七日（金）

午後一時起床。入浴。のち、二時間弱サウナ。

夜七時半、ホテルオークラでの文藝春秋忘年会にゆく。会場で『文學界』の森氏と合流し、そののち同誌の丹羽氏、田中光子編輯長と共に、四谷三丁目にて焼肉。

各々明日の予定がある為、十一時半過ぎに一軒のみにて解散。

十二月八日（土）

十一時半起床。入浴。

『小説現代』連載随筆、「東京者がたり」の第十回を中途まで書き、午後四時まででやめる。そののち身仕度をし、よみうりランドの傍らの生田スタジオへと向かう。

日本テレビの、深夜枠での年末クイズ特番収録*。

都内のスタジオはおおむね一巡したが、ここへゆくのは初のこととなる。

成程、確かに遠い。

夜七時半廻しで、十一時半過ぎに終了。

帰りは局よりタクシーが出た為、午前零時半過ぎに帰室。

コンビニで購めたおにぎりを三個食べたのち、「東京者がたり」の続きを書き、そののち原稿用紙に清書す。

五時にファクシミリで送稿。

最前のコンビニで一緒に買っておいた、おでん六個を手鍋で温め直して肴とし、黄桜辛口一献五合。

とりあえず先に随筆の方を、順々にこなしてゆくより他はない。

十二月十日（月）

午後一時起床。入浴。

『東京スポーツ』紙の、新年特大号用の随筆を書く。

明け方、カルピスサワー一缶、宝三分の二本。

夕方、肉屋で購めておいた焼鳥十本とチキンサラダ、チキンボール。

最後に、カップ焼きそばを食べて寝る。

十二月十一日（火）

午後一時起床。入浴。のち、二時間弱サウナ。

夜、七時半到着を目指し、TOKYO MXへ向かう。

九時より、「ニッポン・ダンディ」生放送出演。

終了後、同番組の年末放送用の映画SP（金曜メンバーが担当する）で使うと云う、コメントVTR撮影。

帰途、また西片町に寄って、ネギチャーシュー麵の中盛りをする。

帰室後、『朝日新聞』土曜版別刷の、「作家の口福」欄用の随筆第一回を書く。

来年一月中に、計四回連載される味覚エッセイ。

明け方、カルピスサワー一本、黄桜辛口一献五合。

冷食のハンバーグとお好み焼き。

最後に、これも冷食の焼きおにぎり四個を食べて就寝。

＊「タカトシのクイズ！サバイバル」12月25日放送

十二月十二日（水）

午後一時起床。入浴。のち、二時間弱サウナ。

『週刊アサヒ芸能』連載コラム、第八回を書く。

深更より、『文學界』二月号用の短篇を書きだす。

明け方までに、ノート七頁。

ギリギリの期限として、十七日朝までと云うのを設定してもらえたが、この好調なすべりだしであれば大丈夫そう。

気分よく、就寝前に一時間程飲酒。

十二月十三日（木）

午後一時半起床。入浴。

昨夜ノートに書いた分を、原稿用紙に清書す。

夜、いったん外出し、赤羽の病院で痛風の薬を貰い、十条の駅前で唐揚げ定食を食べて帰宅。

深更より、短篇の稿を書き継ぐ。

明け方までに、ノート八頁。

宝三分の一本飲み、冷食のハンバーグと焼きおにぎり、さぬきうどんを食べて寝る。

十二月十四日（金）

午後二時半起床。入浴。

頭がややハッキリしない為、二時間弱サウナにゆきて、強制発汗す。

帰室後、昨日分の下書きを清書。

深更、続きを書き始める。

明け方までに、ノート八頁の収穫。先が見えてくる。

飲酒はそこそこにして寝床に就く。

十二月十五日（土）

午後二時半起床。入浴。

今週書いて送った分の、エッセイ三本のゲラ訂正と、先週行なった対談ゲラを確認したのち、昨日分の清書。

夜、十条にて五目炒飯とラーメン。

ノート九頁分を書き継ぎ、朝六時に計三十二頁で下書き終了。

一時間だけ飲酒して寝る。

十二月十六日（日）

午後二時起床。入浴。

早速清書に取りかかり、予定通りにきっかり四十枚にて完成す。

ここから、通しでの訂正作業にかかるも、はな『文學界』編輯部には〝四十枚〟との確約をし、最早その枚数分での台割りになっているだろうから、大幅な加筆はできぬ。

年末進行号の原稿を、十七日の朝に提出しようと云う方が甚だ非常識なのだから、これも所詮は自業自得のことだ。

が、終わってみると、やはり欄外の書き込み等を入れて、計四十二、三枚ぐらいの感じになってしまった。

とりあえず、これで提出してみることにする。

同誌の森氏に電話を入れ、バイク便の手配をして頂く。

少しくホッとした気持ちで晩酌を始める。

まずは、間に合って良かった。

十二月十七日（月）

午前十時起床。入浴。

痛風の症状がまた出る。此度も右足の膝。痛み止めを服む。

『文學界』の森氏より連絡。今朝方送稿した二月号用の短篇、無事採用となる。

午後二時到着を目指し、フジテレビの湾岸スタジオに向かう。

深夜枠のとんちクイズ番組の収録*。

四時前に終了。

帰室後、足の痛み激しくなる。

夜、『文學界』よりバイク便にて著者校用ゲラが届く。

明け方五時までかかって訂正し、ファクシミリで返送。

これにて、短篇「破鏡前夜」完成。

今年、同誌に断続的に載せてもらった「棺に跨がる」「脳中の冥路」「豚の鮮血」と「一夜」の連作を形成するもの。その一応の完結篇となるが、秋恵ものとしては間に

＊「ソモサン⇕セッパ！」平成25年1月15日放送

のエピソードが入り、現時点では、このあとに「膣の復讐」「腐泥の果実」と続いてゆく。

カルピスサワー一缶と、四百円の白ワイン一本を飲んで寝る。

十二月十八日（火）

午後一時起床。入浴。

痛風、ピークを迎える。精神的なストレスによるものか。

痛み止めを服み、夜七時半着を目指してTOKYO MXへ赴く。

夜九時より、「ニッポン・ダンディ」生放送出演。

終了後、ダイアモンド☆ユカイ氏から新アルバムの「Respect」を頂く。「涙をふいて」「スローなブギにしてくれ」等、全十二曲収録のカバーアルバム。

午後十時半、足を引きずりつつ鶯谷の「信濃路」にゆき、『新潮』誌の田畑氏と打ち合わせ。

来年上半期までの予定を種々打診す。

午前一時前に解散。

帰室後、早々に就寝。

十二月十九日（水）

午後一時起床。入浴。

痛みは続く。

『朝日新聞』土曜版別刷の、「作家の口福」欄用随筆、第二回を書く。

深更、カルピスサワー一缶。宝三分の一本。オリジンのおでん七個と、とんかつ弁当大盛り。

十二月二十日（木）

午後一時起床。入浴。

痛み、少し軽減する。リハビリのつもりで二時間弱サウナ。

夜、池袋に出ばり、東武デパート内の伊東屋で、プレゼント用の万年筆を購める。

ついでに地下の食品売り場にて、崎陽軒のシウマイ弁当二個と炙りサーモンのサラダを買って帰室。

『朝日新聞』の随筆第三回を書く。引き続いての年末年始進行用。

十二月二十一日（金）

午後一時起床。入浴。のち、二時間弱サウナ。
夜、大塚の萬劇場に芝居を観にゆく。
上演終了後、早々に帰室。
『週刊アサヒ芸能』連載コラム、第九回を書く。
これにて、年末年始進行の書きものは一段落つく。
深更、缶チューハイ一本、宝三分の二本。
宅配中華の麻婆豆腐と青菜の炒め物、春巻。

十二月二十三日（日）

午後十二時半起床。入浴。
足の状態、少しぶり返す。痛み止めを服む。
四時到着を目指し、砧のＴＭＣへ。
しょうことなしにタクシーを使い、約一万円かかる。
少々気分が塞がりつつスタジオに入ったのちに、今度は冷汗がドッと出た。

本日の番組＊、ビートたけし氏がメインのものであったことを知り、冷汗が噴き出たのである。自分はこれを、ユースケ・サンタマリア氏がMCを務めるものの方だと思い、すっかりそのつもりで臨んでいた。

何度も云うように、自分は高田文夫先生の大ファンである。で、無論その元を質したところには、往年の深夜放送「ビートたけしのオールナイトニッポン」がある。放送の第二回から昭和六十二年頃の辺りまでは、毎週欠かさずこれを聴き、たけし氏と高田先生の絶妙のかけ合いに笑い転げ、ときには深い感銘にうち震えてもいた。

だから当然、と云う言いかたは妙なものだが、しかしやはりこのお二方は、多くのヘビーリスナー同様に自分にとってもまた格別の、特別な存在であり続けているのである。

それだけに、その出演者一覧の貼り紙を見た自分は、この時点で急激なる緊張が極限近くまでせり上がってきてしまった。

もう帰りたい、とすら思った。かような感覚に襲われたのは、初めてのことである。一覧表には、他に東国原英夫氏のお名前があったが、氏には以前「Qさま‼」で隣りの席に座らして頂いたことがあるので（やはり、挨拶をさして頂くだけで精一杯だ

＊「平成教育委員会２０１３‼　ニッポンの頭脳決定戦ＳＰ」平成25年1月12日放送

った が)、まだしも気分的には楽である。しかし、此度は更にガダルカナル・タカ氏、水道橋博士氏がおられることに、再び目の眩む思いがする。

無論、自分はこのかたたちと丁々発止のやりとりをするわけではない(出来ようはずもない)。そしてこのかたたちが、訳のわからぬギャラ泥棒みたいな自分の存在なぞ気にかけようはずもない。が、自分の中での軍団のかたたちは、やはり未だに目映ゆいお笑い戦士としてのイメージが刻み込まれてしまっている。

それ程までに、たけし氏と高田先生の番組は、当時の多くの中高生に紊乱《びんらん》にも通ずる笑いの強さを叩き込み、影響を与えていたのだ。

ご多分にもれずのその一人だった自分が、早くも軽ろき腹痛を覚える程の緊張が募るのも、一面無理からぬ話であろう。

で、スタジオの前室において、その緊張はいよいよピークに達した。

他の出演者のかたたちとは、普通に挨拶ができた。当然のことである。そしてタカ氏や博士氏にも、何んとか人並みの態度で挨拶さして頂くことが叶った。

しかし、たけし氏が入ってこられた途端、室内の空気も明らかに一変したが、自分の膝頭は突如小刻みな震えを呈し始めた。——昨年、高田先生に初めてお会いした際にも、これと同じ現象が起きている。

すぐにスタジオ移動となり、この変調はそう周囲に気取《けど》られるまでに至らなかったが、自分の席は背後の段にタカ氏と博士氏が並ぶと云う怖ろしい位置にあり、ここでは我知らず脂汗が滲んでくる。

と、この日が初対面となる博士氏が、拙作『苦役列車』を読んだ旨、声をかけて下さり、一読して「オールナイトニッポン」の〝中年エレジー〟コーナーからの影響を感じた、ともおっしゃる。

これはまことに慧眼と云うべきで、ハッキリと自らそれを意識したわけではないが、どこかにそのエッセンスが刷り込まれているであろうことは、先に述べたような経緯からも間違いのないところである。

博士氏とも、来週の「ニッポン・ダンディ」の忘年会の折に、あわよくばお会いできるかと思っていたが、この、自分にとっては唐突な初対面の出来《しゅったい》には、根がウサギ並みの小心者にできてるだけに、その返答も些かしどろもどろになってしまう。

だが収録が始まると、事態は好転（？）した。

幸福なことに、たけし氏が自分をかなり多めにイジって下すったのである。

曰く、「失業者」「浅草の浮浪者」「変質者」「楽屋泥棒」等々。

これに、自分はうれしくて（他の者の言なら、いくらテレビとは云え、当然自分は憤然色をなしているだろうが、氏と高田先生ならば、ひたすらにうれしい）バカ笑いが止まらず、何やらすっかりリラックスするかたちにもなってしまった。

これだけでも自分にとっては最高に幸せな、忘れられぬ一日となったはずだが、このあとは更に信じられぬ展開となった。

収録終了後、博士氏がたけし氏の楽屋へ挨拶にゆくことを誘って下すったのである。

無論、自分は固辞した。お疲れになっているであろう氏に、自分如き者がそのような行為に出るのは僭越の沙汰だから、と——。

が、半ば強引に博士氏に連れられ、軍団のかたやお付きの人、番組スタッフ等がドア前でガードを固める氏の楽屋までやってくると、恰度、氏がドアを開けて引き上げられようとしているところに出会わしてしまった。

その氏に、博士氏が自分を指しつつ「オールナイトニッポン」のヘビーリスナー出身であり、その影響が小説中にもあらわれている者だと云うことを手短かに、かつ要領よく説明されると、

「焼酎でも飲もりよ」

たけし氏はチラリと自分を一瞥し、事もなげにおっしゃって下さる。

——それからの自分は、すっかり痛風の痛みも忘れた態《てい》で、まさに夢の中にいるよ

うな気分であった。

九時半より同席させて頂いた、スタジオ近くの寿司店における、氏のお話——の中に時折まぜる、笑いと小説の関係についての鋭い考察を一言一句聞き漏らすまいと必死になりつつ、その為にも緊張の不要な部分の一端を取り除く為に、氏のバケモノじみた焼酎のグラスを空けるピッチに合わせて、自分もガブガブ飲んでしまう。

ただでさえ、たけし氏を上座にタカ氏、博士氏との同じ卓に置かれ、その背後の卓には軍団のお宮の松氏やお付きのシェパード太郎氏らがおり、そしてサイドのカウンターにはたけし氏の焼酎を作るかたたちにガッチリ囲まれた状況である。一方で、これは早めに酔わなければ失神しそうな環境でもある。

その勢いで自分はつい、〝もしたけしさんとお会いすることになったら、ぼくはできるだけ堂々としてようと思っていましたが、やはりダメでした。足が震えました〟との意のことを口走ってしまった。

すると氏は、

「オレはさ……オレのこと好きな奴は、一目見ただけで分かるんだよ」

と、笑いながら言って下さる。

やがて日付けも二十四日に替わった頃、たけし氏はソープランドに行こうとおっしやり、その場で頭数をかぞえだし、お付きのかたへ店に連絡するよう指示する。

が、何店か当たったものの、この時間帯では不首尾とのことで、六本木でのカラオケへと変更になった。

軍団の無法松氏がやっておられる店に腰を据えられた氏は、率先して歌いまくり、そしてリクエストされるままに、ご自分の往年のヒットナンバーも歌って下さる。

その姿を、いつの間にか加わっていた（寝ていたところを呼びだされて、急遽タクシーで駆けつけてきたとのご由）軍団のアル北郷氏がスマホで動画撮影し、タカ氏や博士氏はバックコーラスをつとめ、皆、心からご自分の〝師匠〟と同じ場にいる幸せを噛みしめておられるご様子。それが本当に羨ましい。自分の場合は、藤澤清造と現実世界において会うことは、どうやっても叶わぬことなのだ。

だが自分は、そうした軍団のかたたちの〝師匠〟の前で、とんでもないミスを犯してしまった。

四時を過ぎた頃だろうか、極度の緊張を経て、かつ、連用していた痛み止めと急ピッチで大量摂取した焼酎とのブレンド作用で、意識を失うみたいにして、二度程たけし氏の目の前で居眠りをこいてしまった。

そして更には、二度目にハッと目が覚めたとき、こらえきれない吐き気がこみ上げてしまい、たけし氏の前でゲエッと派手にえずいて、すぐと何んとか飲み込んだものの、間髪いれずにせり上がってきた第二波は到底持ちこたえられず、口を押さえてトイレに駆け込むと云う醜態（吐いたわけではないが）を晒してしまったのである。

その瞬間、自分は軍団のかたからフクロにされることを覚悟した。〝殿〟の御前での、この重ねての粗相である。

が、たけし氏も軍団のかたたちも全く怒らず、引き続きの同席を許して下すったのには、本当に救われる思いがした。

朝の六時になって解散となり、まだ薄暗い六本木通りにたけし氏のロールスロイスが廻されて一同でお見送りをしていた際、いったん車内に消えた氏は、またすぐと降りてきて、

「これ、あげるよ」

と、革ジャンを自分に渡して下さる。

氏のサイズのものだから、どうやったって自分の腕は通らないのだが、当然自分はこれを抱え込み、無理にも着ることを主張して、氏が気分の変わらぬうちに再び車中の人となって下さることを願った。

そして自分は、博士氏の、運転手のおられるワゴン車で自宅まで送って頂いたのだ

が、帰室後もしばらくは、改めての興奮状態に襲われてなかなか寝つくことができなかった。

車中で博士氏がしみじみと洩らされていた、たけし氏と云う師匠をもって自分たちは幸せだ、とのお言葉には、実際胸を打たれるものがあった。

人生最良の、忘れられぬクリスマス・イブとなった。

十二月二十四日（月）

午後二時起床。入浴。

昨日から今朝にかけての、ビートたけし氏との貴重な時間の興奮覚めやらず。

『アサ芸』、『朝日新聞』の随筆著者校にそれぞれ手を入れて返送。

旧知の徳間書店の崔氏から依頼を受けていた、織田啓一郎氏の書き下ろしデビュー作『谷中ゲリラアーチスト』の帯文を書く。自分と同年のかたらしいが、その筆致には有無を云わせずラストまで読ませきる、不思議な牽引力がある。

深更、カルピスサワー一缶、宝半本。

オリジンのおでん六個とトマトのサラダ、とん汁二杯。

最後に白飯と韓国海苔を食べて、就寝。

十二月二十五日（火）

午後十二時半起床。入浴。のち、二時間弱サウナ。

先日、読書アンケートの回答を送った京都の府立高校図書部より、件《くだん》の掲載プリントが送られてくる。その律儀さに感心す。

で、見てみると、自分の他にはおそらく当世の高校生に人気があるらしき書き手が六人程載っていたが（自分は、誰一人その名を知らぬ）、よくこの中に自分なぞも紛れ込んだものだと、この点にも感心す。

夜七時に室を出て、半蔵門のTOKYO　MXへと向かう。

今年最後の「ニッポン・ダンディ」火曜の生放送。

〝言わせろダンディ〟のコーナーでは、昨日朝までのたけし氏とのお酒について話をしたが、如何せん時間が押しに押し、自分の持ちタイムは一分と少ししか与えられぬ状況とあっては、何んら細かいニュアンスについて伝えられず、これが単なる〝一緒に飲んだ自慢〟に堕してしまったことはまことに無念至極であった。

帰路、今回も西片町辺に寄るも、常とは違う店に入って塩ラーメンを食す。大変なる美味。

帰室後、久方ぶりにゆったりした心持ちで、藤澤清造の短篇を四本復読。

明け方近くに、晩酌。黄桜辛口一献五合。

レトルトのクリームシチューと、イカの塩辛。チーズ二片。

最後に、赤いきつねをすすって寝る。

十二月二十六日(水)

午後一時半起床。入浴。

先週分の「日乗」、少々枚数が多くなった為、『本の話WEB』への提出に手間取る。

夜七時、西新宿五丁目の「かに道楽」に赴く。

『新潮』の田畑氏と、矢野編輯長とで忘年会。

互いにとっての不倶戴天の敵、矢野編輯長とも年に一度、この日だけは休戦とする恒例行事。出版部の桜井氏もメンバーに入っているのだが、各作家からの人望厚い氏は、この日は都合がつかぬとの由で欠席。勢いが止まると冷たいものである。

矢野編輯長、この日は稀少品となっていた毛蟹の甲羅入り味噌を、自分だけ二人前平らげる。

十時半に、三名にて「風花」へ移動。

とあれ有難き一夜。

十二月二十七日（木）

午後一時起床。入浴。

新潮社の桜井氏経由で、ＴＳＵＴＡＹＡの『シネマハンドブック２０１３』が届けられる。自分が寄稿したのは、〞横溝正史原作映画の十本〞。インタビューに答えているかのような、ですます調の文章で書いてくれ、との制約があったもの。

「日乗」の先週分著者校に手間取り、心ならずも一時間遅れのかたちで夜八時、虎ノ門に到着。

「ニッポン・ダンディ」の忘年会。

〞金曜ダンディ〞の水道橋博士氏、先日のたけし氏と自分との写メをプリントしたものをプレゼントして下さる。うれしき限り。

これにて、今年の予定は一通り片付いた格好。

自分としては、まあまあ働いた一年であった。

十二月二十八日（金）
午後一時起床。入浴。
郵便局にて、年賀状を四十枚購む。
仕事部屋の片付け。不用品多し。

十二月二十九日（土）
藤澤清造月命日。
午後一時起床。入浴。のち、二時間弱サウナ。
コンビニにて、『東京スポーツ』紙新年特大号を購入。エッセイ「魔の期間」掲載。
『朝日新聞』の、味覚随筆第三回の著者校に手を入れる。
深更、缶ビール一本。宝三分の二本。
手製の鶏肉入りカレーのルーと、さつま揚げ、福神漬。
最後に、カレーライス一皿半を食べて就寝。

十二月三十日（日）

午後十二時起床。入浴。

正月に入ってから書くつもりであった年賀状、今年は今日のうちに書いて投函することにする。二十六枚。

夜、昨年中の来簡の整理。

深更、缶ビール一本、黄桜辛口一献をお燗して五合。

宅配の握り寿司三人前と、茶碗蒸し。

十二月三十一日（月）

十一時半起床。入浴。

夕方、近所の銭湯に行ったのち、池袋の東武デパートに赴く。

地下の食品売り場で、崎陽軒のシウマイ弁当三個と焼鳥二十本。それと鮪の中トロのサクを購めて帰室。

帰室後、十条の駅前で五目麵と餃子ライス。

『新潮』三月号用短篇の設計図を作る。

明け方、東宝版『獄門島』のＤＶＤを観返しつつ、缶ビール一本と宝三分の二本。

平成二十五年　一月一日（火）

午後二時起床。入浴。

賀状、着三十七枚。発八枚。

何やら気だるく、終日無為の状態となる。

夜、珍らしく食パンが欲しくなり、コンビニで六枚切りのものとマーガリンを購む。トーストにしてみると、殊の外美味く感じられて、六枚一気に食べきってしまう。

深更、カルピスサワー一缶、宝三分の二本。

昨日購めた弁当と焼鳥をレンジであたためて肴にし、最後に、ラ王の〝味噌〟をすする。

明け方五時就寝。

一月二日（水）

午後十二時半起床。入浴。

単行本『一私小説書きの日乗』の、著者校用ゲラに取りかかる。

昨年十一月に文藝春秋より出る予定だったが、担当者とのトラブルでそのまま放置しておいたもの。

が、その後先方から謝罪があり、再始動することとなった。二月下旬の刊行予定。

夜、またコンビニに行って、六枚切り食パンを購める。昨日のトーストが余りにおいしかった為だが、此度はその他にハムと粉末のポタージュスープも仕入れ、更なる充実を図る。

深更、再びゲラ。

明け方、缶ビール一本、黄桜辛口一献のお燗を五合。

パック詰めの鰻の蒲焼きと、シーチキン、福神漬。

最後に、袋入りサッポロ一番の〝正油〟をすすって、寝る。

一月三日（木）

午後一時起床。入浴。

賀状、着十二枚。発四枚。

『朝日新聞』土曜別刷の味覚エッセイ、最終回となる第四回を書く。はな編輯部より、昨年十二月か本年一月のどちらを希望するか問われて一月を選んだのだが、これはやはり正解であった。先月は予定が詰まりすぎていた。とあれ約束の回数をこなせて一安心。

一月四日（金）

午後一時半起床。入浴。のち、二時間弱サウナ。

賀状、着四枚。発一枚。

今日発売の『週刊ポスト』をコンビニで購める。

巻末のカラー頁〝有名人・著名人今年の年賀状〟に、自分の殺風景な一枚も掲載されている。

単行本『日乗』ゲラ。

一月五日（土）

午後一時起床。入浴。

賀状、着四枚、発一枚（未知の読者のかたへの返礼として。これで購入分の四十枚を使い切る）。

『朝日新聞』別刷、速達で送付されてくる。「ケダモノの舌・エサはエサとして」掲載。

夜、九時よりTOKYO　MXにて、「東京の窓から」放送。

石原慎太郎氏との対談番組。

自分は、自らの出ている番組をリアルタイムで眺めることなぞ殆どないが、これはやはり同録DVDをくれるのを待たずに見てしまう。で、いろいろな意味で自己嫌悪に陥る。

そのせいか、深更より書き始めた『小説現代』誌の連載随筆、今日は仕とめ損ねてしまう。

早々に飲酒。

久しぶりのすき焼き。

最後は卵を落として、おじやにする。美味。

一月七日（月）

午後一時起床。入浴。のち、二時間弱サウナ。

年内の仕事の予定を細かく立てる。これを全部、目標通りに仕上げられたら大したものだ。

単行本『日乗』のゲラ。

一月八日（火）

午後二時起床。入浴。
夜七時に室を出て、半蔵門のTOKYO MXへ。
「ニッポン・ダンディ」火曜の、今年最初の生放送出演。
土居氏より、リタナベに届いていた自分宛賀状を受け取る。
帰路、神保町で牛丼を食す。
帰室後、『小説現代』連載エッセイ「東京者がたり」の十一回目を書く。
明け方、カルピスサワー一缶、黄桜辛口一献五合。
パック詰めのおでんと、シーチキン。
最後に、トースト四枚。マーガリンのみを塗ったもの。

一月九日（水）

午後十二時起床。入浴はせず、そのまま服を着てサウナに向かう。
二時前に帰室後、近所の蕎麦屋で天丼ともりを一枚。
夕方、たまらなく眠くなって、二時間ほど意識を失う。

『文學界』二月号、今日になってようやく到着。

拙作「破鏡前夜」掲載号なので、これは保存しておく。

深更、『週刊現代』誌から依頼のあった、水道橋博士著『藝人春秋』の書評を書いて、ファクシミリにて送稿。

明け方、カルピスサワー一缶、宝三分の二本。

手製のモヤシ炒めと、シーチキン。

最後に、でかまるの〝味噌〟をすすって寝る。

一月十日（木）

午後一時起床。入浴。

夜七時、四谷三丁目に赴く。

『新潮』の田畑氏と、出版部の斎藤、桜井氏との新年会。

十時に解散後、田畑氏と「風花」に流れる。

帰室後、早々に就寝。

一月十一日（金）

十一時半起床。入浴。のち、二時間弱サウナ。
単行本『日乗』のカバー案が届くも、余りピンとこず。
今回も、やはり信濃八太郎氏のお手を煩わせることを提言す。
『週刊アサヒ芸能』連載コラム、第十回を書いて、ファクシミリにて送稿。
のち、『日乗』のゲラ。
明け方、缶チューハイ一本、宝三分の二本。
夜のうちに取っておいた、宅配の握り寿司二人前と茶碗蒸し。
最後に、カップの赤だしを飲んで寝る。

一月十二日（土）

午後十二時起床。入浴。
三時半到着を目指して、六本木に向かう。
『サライ』誌の、別冊企画での仕事。
日本酒が売りの居酒屋を、自分が訪問インタビューすると云う趣向。

実際に飲み比べみたいなことをしたので、そこそこの量の日本酒を胃におさめるかたちとなってしまう。

終了後、そそくさと帰室。

夜七時からの、「平成教育委員会2013!!　ニッポンの頭脳決定戦SP」を観る。先日の、ビートたけし氏との宴のきっかけとなった番組。これは、リアルタイムで是非とも観たかった。

『朝日新聞』『週刊現代』『アサ芸』の、それぞれの著者校をすませたのち、『日乗』のゲラ。

明け方、カルピスサワー一缶、宝三分の二本。

コンビニの唐揚弁当と、おでんを五個。

最後に、カップのあさり汁を飲んで就寝。

一月十三日（日）

午後一時起床。入浴。

新潮社経由で、東映より『苦役列車』映画版のDVD各種が送られてくる。特典付ブルーレイ版だの、通常版だのレンタル版だの、各々四本ずつ、計十六本。

知人に配る為、少し購入しようかと思っていたが、これだけ余分があれば、わざわざ買わなくても間に合いそうである。有難し。

そう云えばこの映画、キネマ旬報の昨年度ベストテンの第五位に入り、貫多役の俳優氏は主演男優賞を獲得したとか。おめでたい限り。

が、順位については、公開時あれほど投票権を持っている御用評論家どもに褒めちぎられていて、それで何ゆえ一位にならぬのかが解せぬ。

しかし、とあれ良かった。これでDVDも、セル、レンタルともども大いに動くことであろう。一回レンタルされるごとに、こちらには使用料が入ってくるのだから、映画ファンは是非とも五度六度と、繰り返し借りて欲しいものである。

深更、一人寄せ鍋。

カルピスサワー一缶、黄桜辛口一献五合。

一月十四日（月）

午後一時起床。入浴。大雪。

深更より、『新潮』三月号用の八十枚を書きだそうとするも、書きだせず。

収穫ゼロ行のまま、明け方に飲酒。

缶ビール一本、黄桜辛口一献四合。
サキイカ、ドライサラミと、シーチキン。
最後に、トースト四枚を食べて寝る。

一月十五日（火）

午後一時半起床。入浴。
夜、半蔵門のTOKYO MXに向かう。
「ニッポン・ダンディ」生放送出演。
終了後、神保町に寄りてエロ本を購む。
味噌ラーメンを食べたのち、改めて帰路につく。
『新潮』原稿進まず。
明け方、カルピスサワー一缶、宝三分の二本。
手製のベーコンエッグ三個と、オリジンのトマトサラダ。
最後に、コロッケ弁当の大盛り。

一月十六日（水）

午後十二時起床。入浴。のち、二時間弱サウナ。

『新潮』、やはりはかがゆかず、日数的に、最早八十枚は厳しい状況となる。創作バイオリズムの、〝駄目〟な方の周期に入ったか。

明け方、カルピスサワー一缶、宝三分の二本。

鶏肉と白菜、なると巻の具材にて、鍋。

最後に冷凍ごはんと玉子を入れて、塩味のおじやにする。

一月十七日（木）

午後一時半起床。入浴。

単行本『日乗』の著者校を、バイク便にて文藝春秋に戻す。

『新潮』の田畑氏に電話を入れ、今月校了号での八十枚に白旗を掲げる。

田畑氏、あれこれと食い下がってくるが、書けないものは書けない。

また当分の間、矢来町からは没交渉とされる雰囲気を察知しつつ、半ば強引に電話を切って、寝室にて一眠りす。

疲れがでて、その後、明け方まで寝たり起きたり。

で、合間に「ダンディ」の火、木曜を担当する放送作家、細田マサシ氏が、先頃初めて上梓された『坂本龍馬はいなかった』(彩図社)を読む。龍馬架空人物説は、一歩間違うと往年のあの八切止夫の、奇をてらっただけの歴史読物の世界に堕しかねないが、綿密周到な推論は決定的な証明の提示にこそ至らないものの、それぞれの説得性は充分にある。今後の展開の可能性を孕んだ、思わず与したくなるような、好もしき暴論。

しかし自分のものが書けないときは、人の作を読むのがなかなかに辛い。

一月十八日(金)

午後一時起床。入浴。のち、二時間弱サウナ。

夜七時半、新橋のしゃぶしゃぶ屋で、フジテレビのロケ撮影。*

玉袋筋太郎、伊集院光両氏との鼎談番組。

放送は日曜の朝と云うことだが、いずれも休日の朝には、まるで相応しくない顔ぶれ。

＊「ボクらの時代」2月10日放送

同い年（昭和四十二年生まれ）、東京っ子（玉袋氏は新宿区、伊集院氏は荒川区で、自分は江戸川区）、低学歴（高卒、高校中退、中卒）との括りでもあるものらしい。

伊集院氏とは『Qさま!!』等で何度かお会いしているが、玉袋氏とはこれが初対面。が、なぜか互いの著書だけは、ここ一年程やりとりしている。テレビで観るよりも、甚しくガラの悪い男である。

で、鼎談の方だが、一杯やりながらのスタイルだから、どうしたって話はしばしば脱線気味となる。

殊に玉袋氏と自分は何故か初めから本気の飲み方をし、はなウーロン茶を口にしていた伊集院氏も、やがてウーロンハイに飲み物を代えると、明らかに遅れを取り戻そうとする急ピッチでもって、たちまちのうちに追いついてくる。

収録終了後も、三人で引き続き飲み続け、閉店時刻に達したのを告げられると、新宿に河岸を変えて、また三名のみで飲み直す。

玉袋氏の焼酎を飲むピッチと喋りは、午前二時を過ぎても一向に変わらない。氏は明日《みょうにち》、午前中にMXで生放送があるのだが……。

とあれ、楽しき一夜。

一月二十日（日）

午後一時起床。入浴。

遅れていた、『週刊アサヒ芸能』連載コラム、第十一回を書いて、ファクシミリにて送稿。

田畑氏より何度か電話が来るも、怖くて出ることができず。

一月二十一日（月）

午後一時起床。入浴。

『新潮』の田畑氏より連絡。八十枚のもの、四月号にスライドさして頂く旨の了承を得る。面目なし。

夕方、気分を変えるべく浅草にゆき、演芸ホールにて過ごす。

お寿司を食べて帰室。

ひと眠りしたのち、明け方に飲酒。

カルピスサワー一缶、黄桜辛口一献四合。

スナック菓子一袋とウィンナー缶、温泉玉子二個。

最後に、でかまるの〝味噌〟をすすって、再び寝る。

一月二十二日（火）

午後一時起床。入浴。のち、二時間弱サウナ。

夜、半蔵門のTOKYO MXへ。

九時より「ニッポン・ダンディ」生放送出演。

終了後、神保町に寄りて、またエロ本を購む。エロDVDも衝動買いす。

牛丼とカレーの合いがけ大盛を食して、改めて帰路に就く。買淫がしたし。

清水おさむ氏の漫画『美しい人生』を読む。先般、青林工藝舎の高市真紀氏が贈って下すったうちの一冊。その華麗なる内容に、ただただ圧倒される。

深更、カルピスサワー一缶、宝三分の二本。

手製の卵焼きと、辛子明太子。魚肉ソーセージ二本。

最後に、トースト二枚。マーガリンのみを塗ったもの。

一月二十三日（水）

午後一時起床。入浴。

返事を要する手紙を二本書いて、投函。

夜、八時半到着を目指して、赤坂のＴＢＳへ向かう。

収録終了後、「信濃路」＊に行きかけるも、小雨が降りだしてきたので何がなし面倒になり、そのまま帰室。

オリジンで、とんかつ弁当の大盛りと豚汁二杯を購めて、晩酌。

缶チューハイ一缶、宝三分の二本を、録画しておいた先週分と先々週分の、テレビ埼玉「太陽にほえろ！（マカロニ編）」の再放送を眺めつつ飲む。

一月二十四日（木）

午後一時起床。入浴。夕方、一時間サウナ。

夜、連続手淫。たまには良し。

一月二十五日（金）

午後十二時半起床。入浴。

夜七時、四谷三丁目にて、幻冬舎の永島、有馬の両氏と打ち合わせ。

＊「日曜ゴールデンで何やってんだテレビ」２月10日放送

焼肉を鱈腹ご馳走になる。

年内刊行書（文庫本）の予定が、一冊増える。有難い限り。

帰室後、ひと眠りしたのちに、明け方より晩酌。

缶チューハイ四缶。鯨肉の缶詰めと、温泉玉子。玉子にかけた土佐酢がえらく美味しく感じられ、それだけを小皿にとって、肴としてすする。

一月二十六日（土）

午後一時起床。入浴。

届いていた、今月の『小説現代』五十周年記念号をひらく。

高田文夫先生の御連載が、今号よりリニューアルして再開す。うれしき限り。

その先生の頁の次に、自分のヘボな連載が載っているのは面映ゆいよりも僭越至極だが、これは偶然と云うよりかは、おそらく同誌での両方の担当者である柴崎氏の粋なはからいのような気がする。

他に坪内祐三氏の連載と、木内昇氏の読みきり短篇を熟読。

カタログハウスより、記事の再録依頼。無論、承諾。

シナリオ作家協会から、五枚での原稿依頼。さして意見もないので、これは断わる。

自分が原稿仕事を断わったのは、書評以外ではこれが初めてのこと。

TBSの『調査情報』(冊子?)から、テレビ番組に関するアンケート。記入して返送。

JKA(競輪、オートレースの団体)の広報誌『ぺだる』に先日書いた、随筆の著者校を確認、訂正を入れる。

『週刊アサヒ芸能』連載コラムの、第十二回を書く。

『アサ芸』の原稿、来週は連休の影響で、締切が二日早くなるとか。

明け方、うっかり煙草を切らす。

買いにゆくのも億劫。なので、押し入れにしまいっ放しの昨年JTのインタビューを受けた際に貰っていた、一缶千円の高級ピースや、種々の試供品で急場をしのぐ。

やはり、どれも一本吸うごとに違和感甚だし。

一月二十八日(月)

十一時半起床。入浴。

新潮社経由で、台湾語版『苦役列車』(新雨出版社)の見本七冊が届く。

契約締結は昨年だったか一昨年だったか、何んでも随分と以前のことだった。やはり、こうしたものは時間がかかるものなのであろう。

巻中には、訳者の張嘉芬氏による長文の〝作者紹介〟があるようだが、無論、台湾語なので自分はさっぱり読めない。が、ハングルと違って漢字は漢字なので、何んとなく、おおよその意味は摑める箇所もある。〈可笑的大剌剌姿態〉と云うのは、間違いなく自分の外見をおちょくっているものであり、思わず舌打ちの一つも発してしまうが、〈如果説泉鏡花和三島由紀夫是『美』的追求者・那麼西村賢太便是日本文學史上首見『醜』的求道者〉なぞとのくだりを見ると、そこはかとなく褒められた気分で懐柔される。あくまでも意味はわからぬのだが。

とあれ、自分にとっての二十二冊目となる単著。

一月二十九日（火）

藤澤清造祥月命日。

午後十二時起床。入浴。のち、二時間弱サウナ。

夜九時、TOKYO MXの「ニッポン・ダンディ」生放送出演。

〝言わせろダンディ〟コーナー、本日は清造忌のことを話す。

終了後、神保町で餃子ライスとレバニラ炒めを食して、帰室。
『週刊アサヒ芸能』連載コラム、第十三回を書いて、ファクシミリにて送稿。
深更、メロン味カクテルと云うのを一缶飲み、ついで宝三分の二本。
レトルトのビーフシチューと、ウインナー缶。冷食のハンバーグ。
最後に、ペヤングカレー焼きそばをすすりて、のち寝に就く。

一月三十日（水）

午後十二時起床。入浴。
日中、返事を要する手紙を三本書いて、夕方投函。
その足で蕎麦屋に赴き天丼を食す。
単行本『一私小説書きの日乗』の再校ゲラとカバーの最終案が、バイク便にて届く。
『アサ芸』のゲラを訂正して返送。
深更、カルピスサワー一缶、黄桜辛口一献五合。
手製の豚肉炒めと、パック詰めのナムル、水餃子。
最後に、冷食のさぬきうどん。

一月三十一日（木）

午後一時起床。入浴。

明日《みようにち》の早起きに備え、夕方までに雑事を片す。

そののち、サウナ。

帰路、ラーメン屋にて壜ビール一本、冷酒四本。

餃子二人前と、レバー炒め。

最後に塩バターラーメンの大盛りをすする。

二月一日（金）

午前八時半起床。入浴。

午後便の飛行機で七尾に向かう。

第十四回「清造忌」挙行。

今年は、心ならずも三日遅れとなった。致し方なし。

墓前に佇むと、十六年前に初めてここへ来たときの、あの、すがりつくような思いがしみじみ思いだされる。

そして甘な話だが、今も尚と自分は、この〝師〟の幻影なくしては、到底私小説を書く意地の持てぬことを改めて思う。

二月二日（土）

午後帰京。
単行本『日乗』再校ゲラ。
深更、鶯谷「信濃路」。
中生一杯、ウーロンハイ五杯。
生姜焼き、ウインナー揚げ、ワンタン、チーズ。
最後に、カレーそばと、シャケのおむすび一個。

二月三日（日）

午後一時半起床。入浴。のち、二時間弱サウナ。
帰室後、『日乗』再校ゲラ。

二月四日（月）

午後一時半起床。入浴。のち、二時間弱サウナ。
夕方より浅草。
演芸ホールから安寿司屋へと、お定まりのコース。
深更、メロンカクテル一本、宝三分の二本。
手製の、ウインナーのウスターソース炒めと、チーズ二片。
最後に、赤いきつねをすすって就寝。

二月五日（火）

午後一時起床。入浴。
ひと通り各社から支払調書も届いたので、確定申告の準備を始める。
夜、半蔵門のTOKYO MXへ。
九時より「ニッポン・ダンディ」生放送出演。
〈言わせろダンディ〉のコーナーは、先週の清造忌挙行の件。
帰途、巣鴨で味噌ラーメンを食す。

深更、カルピスサワー一缶、黄桜辛口一献五合。

手製のハムエッグ二個と、鯨肉缶。チーズ二片。

最後に、ペヤングソース焼きそば。

二月六日（水）

十時半起床。入浴。

大雪との予報、見事に外れる。

午後一時過ぎに室を出て、新小岩に向かう。

三時十分より、江戸川区総合文化センターでの、「平成二十四年度　江戸川区教育研究会　研究発表総会」記念講演と云うのに出る。区内の書店主のかたとの対話形式のもの。

幼、小、中の教員約千名の総会なので、当然自分のような者が出ばる必要のないところではある。が、先年テレビの企画で三十三年ぶりに訪れた出身小学校（卒業はしていないが）の現校長から来た話だったので、喜んで参加さしてもらった。

が、一時間程の出番を終えて真っすぐの帰宅後に、ワタナベの土居氏を通じて大層不快な連絡がきた。

主宰していた教育委員会から、今日の発言につき、〝人権上許されない発言があり、並びに体罰問題に対しての不適切発言についてお詫びするとともに訂正致します〟との弁を、自分からと云うかたちで来場した教員に伝えたいので了承してくれ、とのこと。

無論、拒否。

まがりなりにもこちらは文章を綴ることで生計を立てている。それを可能たらしめているのは、表現に関して最低限のルールを踏まえているからだ(ルールとは規制やタブーと云ったことではない。表現にルールはないなぞ云うのは、自身を〝何ものにもとらわれない芸術家〟と思われたい者のハッタリに過ぎず、そう云う本人もプロである以上は、やはりこのルールを踏まえているはずだ)。対外的に文を書き、言葉を発する際には絶えずこのルールを念頭においた上で、自身の考えを表明している。その程度の客観性を内に持っていなければ、土台、小説なぞ書けはしないのである。

傍目からみれば、そのときの自分は無意味な極論を声高に主張しているように映ったかもしれない。だが、何もこちらは自分の主張が絶対のものとは思っていないし、それはあくまでも自分のみの意見として、先のルールにのっとって発言している。

糾弾するのは勝手だが、ただ自己の保身にのみ汲々としている教職者ごときに、

〝人権上許されない発言〟だの、〝不適切発言〟だのとの一律的な杓子定規の指摘のもと、訂正やら謝罪やらを強いられる筋合いはない。

何んでも区内では、恰度体罰に関する件で裁判沙汰が起きているとのこと。これに現在マスコミで俄かに噴出している同問題についての報道が相まり、必要以上に教育関係者はナーバスになっているのだろうが、結句この怯えの依って来たるところは自己の保身である。非公開の、特定少数の場において、たかが中卒のクズの一私小説書きの、何んら差別的意図はない意見にさえこの過敏な反応は、些か常軌を逸しているであろう。

一寸でもつつかれそうな（一体どこから？）発言に対しては、すぐさまフタをして、本人に謝罪訂正さして、はなより無かったことにしてしまおうとの迅速、かつ姑息な保身の処世は一面見事でもあるが、これが現在の教職者の姿かと思うと、改めて馬鹿馬鹿しい気分になってくる。

そう云えば、終了後に、この場の長《おさ》だか何んだかの老人に引き合わされたが、先方はこの講演が自身の想像していた展開とズレのあったことに余程業腹だったのか、こちらが名乗ってお辞儀をしているのにもかかわらず、堂々と拙作未読の旨を告げ、その拙作を指し、「まだ書店で売っているのか？」とのフザけた言を臆面もなく弄してきた。あきらかに、今日の話の内容にこちらの経歴を重ね併せての、見下しきった物言いである。

無論、温和な自分はにこやかにそれに答え、（いい年こきやがって、馬鹿野郎が）と、お腹の中で嘲けってやったに過ぎないのだが、しかしまあ、初対面のゲストに対する挨拶がこれなのだから、つくづく学校教育とはおぞましいものだと思わざるを得ない。こんなのの体制下で教育とやらをうけて一流大学を出たのが、さしずめ某文庫の新任部長や、その部下の、例の何をか況んやのうらなり編輯者のごときお利巧バカにでき上がってゆくのだろう。

お寒い話である。

二月七日（木）

十一時半起床。入浴。

『週刊アサヒ芸能』連載コラム「したてに居丈高」第十四回を書いて送稿。

二月八日（金）

午後一時起床。入浴。のち、二時間弱サウナ。

『小説現代』連載エッセイ「東京者がたり」第十二回を書いて送稿。

二月九日（土）

午後一時起床。入浴。

徳間書店より、織田啓一郎氏のデビュー単行本『谷中ゲリラアーチスト』が届く。帯文を書かして頂いたもの。いずれ再読したい傑作。

二月もいつの間にか中旬にさしかかるので、以降の予定に入っている短篇のネタ繰りを始める。

深更、缶ビール一本、黄桜辛口一献をお燗して五合。

夜のうちに取っておいた、宅配の握り寿司三人前と茶碗蒸し。

最後に、カップの赤だしをすすって寝る。

二月十日（日）

十一時起床。入浴。

午後一時半、新宿の紀伊國屋サザンシアターへ、「我らの高田〝笑〟学校　しょの四十二」を観にゆく。

高田文夫先生の、黄泉の国から戻られたあとの初となる開校。

会場で、『小説現代』誌の柴崎氏と遭遇す。このライブを待ち望んでおられたらしい。

校了中の柴崎氏も、全席満員の千数百人の観客同様、このライブを待ち望んでおられたらしい。無論、自分もその一人だ。

この日のメンバーは、浅草キッド、松村邦洋氏に加えて、ほたるゲンジ、ますだおかだ、バイきんぐ等の大層豪華な顔ぶれ。

浅草キッドの、ご両人ともに頭を剃り上げてのコントと、松村氏のストーリー仕立ての物真似ネタは、高田先生への敬慕にあふれた見ごたえのある内容だった。

ラストの全メンバーによる大喜利の際、高田先生はふいと気まぐれを起こされたらしく、客席にいる自分の名を呼んで舞台に上がるよう命令を下される。

舞台上で、一年二箇月ぶりとなる高田先生との対面。

胸にこみ上げてくるものがあり、場の空気も忘れて正面に座られる先生の前に立ち、我知らず深く叩頭すると、すぐさま先生より、

「客席に尻を向けるな！」

とのお叱り。

で、先生の指示により、ほたるゲンジの桐畑トール氏の持ちギャグである〝ニャン

コ祭り〟（自分はこの日が初見であったが）を即興で一踊りす。演者のかたには僭越至極で申し訳ないが、小説書きの分際で「笑学校」の舞台に図らずも立てた成り行きに、内心快哉を叫ぶ。

学校は学校でも、先のものとはえらい違いである。この〝笑〟学校は実社会で生きてゆく勇気の持ちかたを習得させられる。

終了後、演者、スタッフのかたがたの打ち上げの座にも連らなることが叶い、この一年間余りの数々の不快事が、すべて雲散してゆく感覚にとらわれる。

高田先生は煙草はやめられたようだが、酒の方は梅割りの焼酎を口に運んでおられる。

しみじみ、有難いおかただ。

玉袋筋太郎氏と、連絡先を交換し合う。

二月十一日（月）

十一時半起床。入浴。

徳間書店の崔氏より話を頂いた、文庫解説の対象作の再読を始める。

その親本は、三年程前にやはり同氏から送られ一度読んでいたが、此度はメモを取りつつの復読。

深更、缶ビール一本、黄桜辛口一献をお燗して五合。

手製のウインナー炒めと、温泉玉子二個。それと塩辛。

最後に、オリジンの白飯。

二月十二日（火）

午後十二時半起床。入浴。

夜、半蔵門のＴＯＫＹＯ　ＭＸへ。

九時より、「ニッポン・ダンディ」生放送出演。

終了後、いったん真っすぐ帰室し、深更一時に改めて鶯谷にゆく。

「信濃路」にて一杯。

ウーロンハイ六杯、レバニラ、ウインナー揚げ、ワンタン。

最後に、カレーそばとライス。ライスはレバニラの残りダレをかけてかき込む。美味満腹。

コンビニにて、サンドイッチ四袋とエロ雑誌を購めて、三時半過ぎ帰宅。寝る。

二月十三日（水）

十一時起床。入浴。のち、二時間弱サウナ。
何がなし体がだるく、帰宅後、寝室にて横になる。
夜、宅配のチラシ寿司を二種食べたあと、風邪薬を服んで一眠りす。
午前零時前に再び起き、ノートを拡げるも、はかがゆかず。
明け方五時、またもや今回も白旗を掲げる流れを予感しつつ、燗酒五合を飲む。

二月十四日（木）

午後二時起床。入浴。
依然、体調悪し。
夜、新宿に出ばって末広亭。
松屋でカレーライスを食べて帰室。
寝床で明け方まで古本読み。
三百八十円の白ワイン一本とスナック菓子、チーズ三片を飲み食いして寝る。

二月十五日（金）

十一時半起床。入浴。

「ビバリー」、高田文夫先生不参。今週は月、金に出られるとのことだったが、月曜も〝ズル休み〟しておられたので心配になる。

『新潮』誌の田畑氏に電話。今月校了号も提出は無理な旨を申告し、白旗を掲げる。来月校了号では短篇企画の方に自分も入っていたので、それ以降の日延べを了承して頂く。

今月は原稿に余裕があるのか、はたまた再び自分に見切りをつけたものか、この日の田畑氏、わりとあっさり引き下がる。

駄目なときは、駄目の流れに流されるより他はない。その方が、却って浮かぶ瀬にも辿りつきやすいものだ。

二月十六日（土）

午後一時起床。入浴。のち、二時間弱サウナ。

『週刊アサヒ芸能』連載コラム、第十五回を書いて、ファクシミリにて送稿。

昨日、文藝春秋よりバイク便で届いていた、四月刊の短篇集のゲラを見始める。『文學界』初出の、「棺に跨がる」「脳中の冥路」「豚の鮮血」「破鏡前夜」の連作四篇からなるもの。

一応、秋恵が出ていったところまで書いたが、〈秋恵もの〉はこれで終わりと云うわけではない。

夜、食料品と日用品の買い出し。

深更、缶ビール一本、宝三分の二本。

鱈入りの湯豆腐と、ブリのお刺身。

最後に、いなり寿司を五個食して就寝。

二月十七日（日）

午後四時起床。よく寝た。

夜、二時間程散歩。赤羽まで歩き、古本を見て帰ってくる。

深更、「信濃路」で『新潮』五月号用三十枚のネタ繰り。

すっかり、〝信濃路文学〟復活のかたち。但《ただし》、回帰には非ず。

ウーロンハイ六杯、ウインナー揚げ、帆立バター焼、肉野菜炒め、とん汁。

最後に、冷やしそうめん。

二月十八日（月）

十一時半起床。入浴。

三度《みたび》、上半期までの仕事の予定を立て直す。

四月刊の短篇集のゲラ。

深更、カルピスサワー一缶、宝三分の二本。

久方ぶりにコンロの魚焼き器を使い、アジ二尾を焼く。他に惣菜パックのナスの煮びたし、ひじきの煮物。

最後に白飯と、壜詰めのナメタケ、カップのあさり汁。

二月十九日（火）

午後十二時起床。入浴。のち、二時間弱サウナ。

夜、半蔵門のＴＯＫＹＯ ＭＸへ。

常より少し早く入り、控室にて来週収録のあるテレビ東京の番組スタッフとの打ち合わせ。

九時より「ニッポン・ダンディ」生放送出演。

十時に終了後、すぐさま着替えてタクシーにて鶯谷へ。

「信濃路」で、『新潮』誌の田畑氏と打ち合わせ。

原稿を続けて落としたことを謝罪し、新たに予定立て直しの相談。

ウーロンハイ五、六杯に、肉野菜炒め、ウインナー揚げ、タン塩、ハムカツ、チーズ、エシャレット。

最後に、生玉子入りのたぬきそば。

二月二十日（水）

午後十二時半起床。入浴。のち、二時間弱サウナ。

夜七時、日比谷にてダイアモンド☆ユカイ氏と、その義弟にあたるかたとで一杯飲む。

義弟と云っても、ユカイ氏より十六歳の年長。ユカイ氏の奥様の妹さんとご夫婦だそうで、その年の差は三十三ひらいておられるとか。

ユカイ氏との会話は、いつも楽しい。

十一時過ぎに解散。

帰室後、晩酌は取りやめて、寝床で昭和五十年代のプロ野球雑誌を拾い読みしているうちに、コトリと眠る。

二月二十一日（木）

午後十二時起床。入浴。

『小説現代』三月号が届き、早速高田文夫先生の新連載二回目と、坪内祐三氏の「酒中日記」を読み、自分の連載のカットを眺める。鶯谷篇の今回は、ラブホの中のボロアパートの図柄。実際に自分が棲んでいたものとは、当たらずと云えども遠からず。

短篇集のゲラ。

深更、缶ビール一本、黄桜辛口一献五合。

宅配中華の麻婆豆腐と、卵とキクラゲの炒め物、春巻。

最後に、ホイコーロー飯をかき込んで、就寝。

二月二十二日（金）

午後一時起床。入浴。のち、二時間弱サウナ。

夜七時半、東京會舘での芥川賞・直木賞授賞式の、パーティーの方にのみ行ってみる。

会場で『新潮』誌の田畑氏と合流。運悪く不俱戴天の敵・矢野編輯長とも顔を合わせてしまったので、仕方なく先月と先々月の非礼につき、率直に詫びる。

矢野氏、いつになく（自分に対しては、との意味だが）終始にこやか。面妖。

閉会となり、クロークに荷物を取りに入った田畑氏を待つ間、エレベーター脇の椅子にふんぞり返るようにして腰かけボンヤリしていると、人の波の中からひょいと一人とびだし、自分の名を呼びかける。

顔を上げると、どこかで見たことのある、眼鏡をかけたいわゆるイケメンの青年。

一瞬、返答につまっていると、先方は、

「中村航です」

と名乗られたので、慌てて腰を上げ、しどろもどろで非礼を詫びる。

四年程前に一度ご挨拶して頂いた航氏のことが、何んとすぐには気付かなかった。

眼鏡のご印象が皆無だった為だが、とんでもない失態を犯してしまった。

反省しきりのまま、田畑氏と四谷三丁目に移動し、焼肉。

生ビールとウーロンハイ。タン塩、カルビ、ロース、ハラミ二人前、特上ヒレ、海老焼き、馬肉のユッケ、キムチ、韓国海苔、ニンニク丸焼き。

最後に自分はクッパ、田畑氏は冷麺を取って平らげ、満腹にて一軒で解散。

二月二十三日（土）

午後一時半起床。入浴。
文藝春秋より、『一私小説書きの日乗』の見本が届く。
二十三冊目となる単著。
信濃八太郎氏のカバー装画、これまでの拙著のうちで最もいい。
中扉の絵も、今回の隠れた傑作である。

二月二十四日（日）

午後一時起床。入浴。
『週刊アサヒ芸能』連載コラム、第十六回を書いてファクシミリにて送稿。
引き続き、短篇集のゲラ。
深更カルピスサワー一缶、黄桜辛口一献をお燗して五合。
手製の野菜炒めと、冷凍食品のお好み焼き。
最後に、カレーヌードルをすすって就寝。

二月二十五日（月）

午後二時起床。入浴。

微熱あり。終日無為。

深更、白ワイン一本。チーズ五片と温泉玉子。

早めに就寝。

二月二十六日（火）

午後十二時起床。入浴。のち、二時間弱サウナ。

夜、半蔵門のTOKYO　MXへ。

九時より「ニッポン・ダンディ」生放送出演。

エンディングにて、明日発売の『日乗』単行本の宣伝をさしてもらう。なれど、さしたる効果は望めまい。

いったん帰宅後、深更二時にタクシーで鶯谷「信濃路」。

ウーロンハイ六杯、帆立バター焼き、おでん五個、チーズ。

最後に、味噌ラーメンをすする。

すき家で、持ち帰りの牛皿の四倍盛りを購めて、またタクシーで帰宅。

二月二十七日（水）

午後二時起床。入浴。

夕方五時到着を目指し、文藝春秋へ。

女性誌のインタビュー。

終了後、出版部の大川氏、『文學界』誌の森氏、田中光子編輯長と四谷三丁目に移動。

焼肉屋で打ち合わせ。

一軒にて解散。

帰宅後、三時間程寝て酔いを醒ましたのち、『週刊アサヒ芸能』連載コラム、第十七回を書く。

明け方六時半、カルピスサワー二缶と、冷凍食品のたこ焼き。

最後に、緑のたぬきをすって寝る。

二月二十八日（木）

午後一時半起床。入浴。

日中、激しい胃痛。何も手をつけられずに、ひたすら横臥。

夜、小康を得たので、近日刊行されるスリムクラブ・真栄田賢氏の初エッセイ集の、そのゲラ刷を読む。面白し。

絶食、禁酒をするつもりだったが、殆ど痛みが起こらなくなったので白ワイン一本弱を、三片のチーズで飲む。

粉末のポタージュスープと、クロワッサン二個を食べて寝る。俄かに西洋人化。

三月一日(金)

十一時半起床。

小節制と、ガスター、ムコスタの連続服用が効を奏したのか、胃痛なし。体調、まずまず。

安堵しつつ、午後三時半到着を目指して、テレビ東京の天王洲スタジオへ向かう。初めて入るスタジオ。テレビ東京の番組出演自体も初めてのこと。

楽屋の窓外を見ると、眼下に京浜運河の流れがある。そしてすぐ傍らには、新東海橋が。

拙作『苦役列車』では、港湾作業に向かうマイクロバスが天王洲にさしかかり、この橋を渡ると〝地獄の一丁目〟に近付きつつある、と云う風に書いていた。そして、作業を終えての帰路においては、この橋を渡ってようやくシャバに戻ってきたことを実感する、とも。

往時は実際に、かの橋が人足にとっての地獄とシャバの〝関所〟であった。

それから二十六年が経ち、実に久方ぶりに目にしたその橋は――周囲の風景が余りにも変わり果てた。

これまでも空港にゆく際のモノレールでは、通過する度にこの〝天王洲アイル〟には苦笑が浮かんだが、こうして実際に再開発後の界隈を体感してみると、その目に映る対象すべてが薄っぺらいものに思われてくる。

四時半より、収録開始。

六時前に終了。

真っすぐ帰宅し、夕食をとったのち、文庫の解説文書きに取りかかる。

徳間書店の崔氏より依頼されていた、堀江貴文氏の小説『拝金』用のもの。

明け方四時、缶ビール一本、黄桜辛口一献四合を、持ち帰ってきた楽屋弁当と、手製のウインナーのウスターソース炒めで飲む。

三月二日（土）

午後一時起床。入浴。

知人上京。夕方より合流。

三月三日（日）

税理士事務所へ宅配便にて必要書類の発送、先日の女性誌インタビューゲラと『アサ芸』のゲラ訂正、スリムクラブ・真栄田氏のご著書への帯の推薦文を書いてファクシミリで送稿――を済ませて、再び知人と合流。休日らしい休日。

三月四日（月）

午後十二時半起床。入浴。

終日、雑用一束にかかりっきり。

夜、文藝春秋よりバイク便にて届いた、単行本『棺に跨がる』のカバーラフ数種を眺む。

＊「たけしのニッポンのミカタ！」4月26日放送

今回もまた、信濃八太郎氏の図柄がどれも見事。どれも捨て難し。
深更、カルピスサワー一缶、宝三分の二本。
手製のコンビーフ入りキャベツ炒めと、パック詰めのおでん。
最後に、冷凍食品のドライカレー一袋を炒め、一気にかき込んで寝る。

三月五日（火）

午後一時起床。入浴。のち、二時間弱サウナ。
雑用一束。
夜、半蔵門のTOKYO MXへ。
九時より、『ニッポン・ダンディ』の生放送出演。
十時に終了後、すぐと着替えてタクシーで鶯谷に向かう。
十時半より「信濃路」にて、幻冬舎の有馬氏と打ち合わせ。
短篇と、八月刊行予定の文庫の件について。
ウーロンハイ、ウインナー揚げ、エシャレット、豚汁、レバー野菜炒め、チーズ等。
最後に各々オムライスを平らげ、午前一時過ぎ解散。

三月六日（水）

午後一時半起床。入浴。

本日が戻しの予定だった、『棺に跨がる』の著者校、十一日まで待って頂けるよう連絡す。

引き続き、雑用一束。

夕方に赴く予定だった、税理士事務所での此度の納税額について説明を受ける件も、とりあえず日延べしてもらう。

夜、近所の安ステーキ屋で、ビッグハンバーグとライス二皿。

明け方、カルピスサワー一缶、宝三分の一本。

サッポロポテト一袋と、チーズ二片。

最後に、インスタントカップのワンタンを食べて就寝。

三月七日（木）

午後十二時起床。入浴。

『週刊アサヒ芸能』連載コラム、第十八回を書いて、ファクシミリにて送稿。

のち、雑用一束に戻る。
明け方、カルピスサワー一缶、宝三分の二本。
シャケの焼いたのと、シラス入りの大根おろし。惣菜品のだし巻き卵。
最後に、オリジンの白飯と豚汁。納豆二パック。

三月八日（金）

午後一時起床。入浴。のち、二時間弱サウナ。
夜、『新潮』五月号用の短篇シノプシスを、改めて作成す。
また小説に取り組める。
大いに愉快。かつ、気分爽快。
で、そのうれしさから、久々に買淫。
大いに愉快。かつ、気分爽快。
帰室後、何んとも全能感溢れる思いで藤澤清造の「刈入れ時」を読み返したのち、
昭和五十三年の毎日放送「横溝正史シリーズⅡ」のDVDより、『不死蝶』全三話を
一気に眺めつつ、缶ビール一本、宝一本。
手製のハムエッグ三個、レトルトのカレー（先週、インタビューを受けた女性誌の

女性編輯者のかたがくれた、高級なご当地カレー)、シーチキン。

最後に、緑のたぬきをすって寝る。

三月九日(土)

午後二時起床。入浴。のち、二時間弱サウナ。

『棺に跨がる』ゲラ、ラストスパート。

BGMとしてかけ続けている、ダイアモンド☆ユカイ氏のカバーアルバム『Re-spect』が、今回思わぬ援軍となってくれている。

三月十日(日)

午後一時起床。入浴。

五時半着を目指し、日本テレビの麴町スタジオへ。

深夜枠のクイズ特番の収録。*

昨年暮の特番時にも出たものだが、今回は団体戦。

夜十時過ぎに終了。


*「タカトシのクイズ!サバイバル2」3月27日放送

帰路に塩ラーメンを食べて、改めて室に戻り着いたのち、『棺に跨がる』著者校。
明け方五時、まずは一巻整える。
カルピスサワー一缶、宝三分の二本。
手製のウインナー炒めと、焼鳥の缶詰。
最後に、ラ王の〝味噌〟をすすって寝る。

三月十一日（月）
午後十二時半起床。入浴。
バイク便にて、単行本『棺に跨がる』の著者校ゲラを戻す。
夜、「あとがき」を書いて、ファクシミリにて送稿。
深更、カルピスサワー一缶、宝半本。
オリジンの生姜焼き弁当と、トマトのサラダ。それと、温泉玉子二個。

三月十二日（火）
午後一時起床。入浴。のち、一時間程サウナ。
池袋の東武デパートで、返礼の品を購む。

夜、常より一時間早くにTOKYO　MX入り。

控え室にて、『週刊プレイボーイ』誌のインタビュー取材を受く。

八時前に終了。そののち九時より、「ニッポン・ダンディ」生放送出演。

十時に終了。途中、巣鴨に寄りて豚骨ラーメンをすすり、そののち、改めて帰室。

雑用一束。

深更、缶ビール一本、宝三分の二本。

シウマイ弁当と焼鳥。

三月十三日（水）

午後一時起床。入浴。

『読売新聞』文化面、〈本のソムリエ〉欄の二枚弱を書いて送稿。

正岡子規『仰臥漫録』『病牀六尺』等を挙げる。十七日付での掲載予定。

夕方、病院に常用の痛風の予防薬を貰いにゆく。そう云えば今年に入ってからは、まだ激しい痛みは起きていない。昨年の秋から暮にかけては、ひどすぎた。連日、痛み止めの世話になっていた。どうかすると、二年近くも全く症状のあらわれぬ周期もあるのだが、此度のこの足の順調も、是非とも長続きして欲しいものである。

夜、十条にて、つけ麺を食す。

深更、カルピスサワー一缶、黄桜辛口一献五合。

この日も、月曜日に買い溜めしておいたシウマイ弁当と焼鳥。それと、壜詰めのナメタケ。

三月十四日（木）

午後一時起床。入浴。

確定申告、終了す。

此度も税理士に一任したが、その試算では住民税も昨年の半額ぐらいで済みそうである。昨年の、所得税と別個のそれは、自分にとっては甚だ異常すぎた（あくまでも自分にとっては、だが）。住民税だけで優に常人の年収額を納める憂目をみたが、本年度は更に収入も減るであろうから、イヤでも常態に復すことに違いない。

得難き経験だった、と云うべきか。

三月十五日（金）

午後十二時起床。入浴。

『週刊アサヒ芸能』連載コラム、第十九回を書いてファクシミリにて送稿。

三月十六日（土）

十時半起床。入浴。一時間のみサウナ。

午後三時半、有楽町のニッポン放送へ。

「オールナイトニッポンR」で放送する、「決戦！お笑い有楽城」の公開収録*。自分はその審査員役の一人として出演。MCは松村邦洋氏。

収録前の控え室で、高田文夫事務所の番頭、松田健次氏にお会いし、このところまたご体調を崩されておられる、高田先生のご近況をお尋ねする。

ワタナベエンターテインメントの渡辺ミキ社長、蘭牟田氏にも久方ぶりにお会いする。

夜七時に終了。

帰室後、本業の雑用一束片し。

*3月30日放送

三月十七日(日)

午後一時起床。入浴。

雑用すべて片付き、本日より、『新潮』五月号用の短篇に着手す。

思うところあり、先週作成したシノプシスは他に廻し、急遽別の筋を立てる。

例によって、なめらかにとはゆかぬ辷り出し。

が、気力面の充実しているのは、有難し。

三月十八日(月)

午後十二時半起床。入浴。のち、二時間弱サウナ。

夕方五時到着を目指して、新潮社へ。

同社会議室にて、投稿誌(いかさも、古くさい云い方だが)『抒情文芸』のインタビュー。

ついで六時から宮台真司氏と対談。コアマガジン『スーパー写真塾』誌の企画。

終了後、『新潮』誌の田畑氏と連れ立って表に出ようとすると、社員通用口の警備員のかたが自分をチラリと見てから、田畑氏にヒソッと声をかける。文庫の例の者が、自分がまだ社内にいるかどうか問い合わせてきたとのこと。つくづく魔太郎並みの、胸糞悪い野郎だ。

九時より、田畑氏と四谷三丁目で一献。

一軒のみにて引き上げるが、帰室後だるくなって寝てしまい、本日は原稿を書けず。

三月十九日（火）

午後一時起床。入浴。

日中、日曜日にノートへ下書きした分の清書。

夜、半蔵門のTOKYO　MXへ。

九時からの、「ニッポン・ダンディ」生放送出演。今回のゲストダンディは、作家の江上剛氏。

打ち合わせ時の雑談中、江上氏のペンネームが新潮社の担当編輯者だった三名から一字ずつ取ったものだと云うことをお聞きし、一驚す。そのうちの一人である、現出版部の第二編集部長の江木氏は、文庫部長時代に自分も大変にお世話になっている（現在のその役の無能者とは大違いだ）。が、それはおそらくは有名な話で、これまで自分が知らなかっただけのことなのであろう。

自分は、ではもしもその編輯者たちと険悪な状況になったら、そのときはペンネームを変更するのですか、なぞ不躾なことを聞いてしまう。

だが、よく考えてみれば、普通の書き手は余程のアレな者ではない限り、編輯者とはきわめて良好な関係を長きに亘って築くものなのであろう。

自分には、到底真似のできない芸当だ。

現在接触のある編輯者を除き、それ程までに、自分の以前の窓口役の者たちはヒドかった。一人として、ロクなのがいなかった。自分のサラリーマン編輯者に対する不信は根深い。

十時に終了後、途中、巣鴨で味噌ラーメンをすすり、そののち改めて帰室。

『新潮』五月号用の短篇を書き継ぐ。

三月二十日（水）

午後一時起床。入浴。

日中、昨夜書いた分の下書きを清書。

深更より続きに取りかかり、午前五時にとりあえず一篇書き終える。

頭フラフラす。飲酒して寝る。

三月二十一日（木）

午後二時起床。入浴。

昨夜の下書き分を、ひたすら原稿用紙へ清書。

二十五枚になるが、ここから第三工程の訂正入れと、第四工程の著者校ゲラ時での訂正で滅法書き込むことになるので、最終的に三十枚前後と云うことになろう。

題名は、「歪んだ忌日」とす。

引き続いて深更より、今度は『文學界』五月号用の短篇に着手する。

本来、『新潮』の方の第三工程に一気に入りたいところだが、それをやると『文學界』の方が間に合わなくなる。こちらはすでに二十一日となり、台割確定、目次決定にもなっている由なので、最終提出期日まで、この上、半日の余裕も出せぬとのこと。

いったいに『文學界』の方が、いつも『新潮』より僅かに校了が早いので、とりあえず書きだす。題名は「蹐跼《きょくせき》の門」。

三月二十二日（金）

午後二時起床。入浴。

虫歯で歯痛酷し。ロキソニンを服む。

日中、「蜩蹐の門」の、昨夜下書き分の清書。

雑用片して、深更より、またノートに書きつけてゆく。

明け方六時を過ぎてやめ、カルピスサワー一缶と、宝三分の一本を飲んで寝る。

三月二十三日（土）

午後二時起床。入浴。

終日、清書と下書き。

三月二十四日（日）

午後二時起床。入浴。のち、二時間弱サウナ。

帰途、書店にてインタビュー掲載の『サライ増刊　美味サライ2013春号』を購む。掲載誌が届かないので、止むを得ぬ。

帰室後、清書。

深更から稿を継ぎ、朝六時に、こちらもひとまず書き上がる。

興奮状態をカルピスサワー一缶、宝一本弱で鎮めて、午前九時過ぎに就寝。

三月二十五日（月）

午後二時起床。入浴。五時間眠ると、さすがに頭がハッキリする。が、歯痛続く。

今朝方、下書きをすべて終えた『文學界』五月号用の「蹈鞴の門」、残りの清書も夕方までに全部仕上げる。

で、仕上げたところでいったんそれは脇にのけ、『新潮』五月号用の「歪んだ忌日」、第三工程たる手直しにかかる。

夜十時過ぎに、「歪んだ忌日」を一応出荷可能な状態に整え、『新潮』編輯部のアカウントがあるバイク便を呼ぶ。

十一時にバイク便到着。手渡ししたあと、緑のたぬきをすすって、入浴。

『新潮』田畑氏より受取りの連絡。無事に採用となる。

引き続き午前一時半より、「蹈鞴の門」の方の手直しを開始。

朝六時、とあれ人前へ出せるところにまで漕ぎつけ、『文學界』の森氏に連絡。

七時過ぎ、やってきたバイク便に原稿を渡し、ヤレヤレとの思いで飲酒を始める。

カルピスサワー一缶、宝半本。

早々に切り上げ、八時半過ぎ就寝。

三月二十六日（火）

午後二時起床。入浴。

六時間近く寝て、頭スッキリとす。

寝てる間に、森氏よりファクシミリが来ていた。こちらの方も、一応合格らしい。

「歪んだ忌日」『躊躇の門』の著者校、夜七時頃にはそれぞれ出る由、田畑氏、森氏から相次いで連絡が来るが、今日はダンディの日なので、いずれもポスト投函を依頼す。

で、それが届く前に室を出て、半蔵門のTOKYO MXへ。

夜九時より、「ニッポン・ダンディ」生放送出演。

十時に終了後、帰途に牛丼の特盛りを食べ、そののち、改めて帰室。

すぐと映画「八つ墓村」のサントラCDをエンドレスでかけつつ、届いていた各々のゲラのうち、まずは校了の早い『文學界』の方から、最終工程の訂正を施してゆく。

午前五時半過ぎに終了。ファクシミリで返送。

最早、脳の機能が停止する寸前になっているので、カルピスサワー二缶と宝の水割り三杯を飲んで寝る。

三月二十七日（水）

午後十二時半起床。入浴。

森氏より、「蹰躇の門」校了の連絡。

「歪んだ忌日」の著者校訂正を、こちらは稲垣潤一氏の「セルフ・ポートレート」をエンドレスでかけながら進める。

僅々二十五枚の短篇ながら大いに手間取り、半ば同じ行数内での全篇書き直しに近い病的なものになる。

で、直した箇所がいつにも増して入り組んでしまったので、この方のゲラはバイク便にて返送。

夜半、田畑氏より三点追加疑問の連絡があったところを修正し、これにて「歪んだ忌日」も校了となる。

まずは、ホッと一安心。

深更、カルピスサワー一缶、黄桜辛口一献五合。

手製のハムエッグ三個と、壜詰めのザーサイ、冷凍食品のお好み焼き。

最後に、赤いきつねをすすって寝る。

三月二十八日(木)

午後二時起床。入浴。のち、二時間弱サウナ。

『週刊ポスト』、今週号より高田文夫先生の新連載開始。

自分のインタビューが載った『週刊プレイボーイ』、掲載誌が届かないので自分で購める。

帰室後、テレビについてのアンケート回答掲載の、TBS『調査情報』3・4月号を拾い読み。

夜、伊吹隼人著『「トキワ荘」無頼派　漫画家・森安なおや伝』(社会評論社)を読む。

玉袋筋太郎氏のデビューCD、「酔街エレジー」を聴き(併録の桐畑トール氏の「ニッポンスナック音頭」も絶品)、DVD「玉袋筋太郎のナイトスナッカーズ　近くで呑みたい！　東京でスナッキングその1」を眺む。

深更、缶ビール一本、宝一本。
夕方取って、冷蔵庫に入れておいた宅配寿司の特上握り三人前と、茶碗蒸し。

三月二十九日（金）

藤澤清造月命日。
午後十二時半起床。入浴。
展墓は日延べす。室内墓地に供花。
雑用一束消化。
『週刊アサヒ芸能』連載コラム、第二十一回を書いて、ファクシミリにて送稿。
夜、佐伯一麦氏の新刊『還れぬ家』（新潮社）を読み始める。

三月三十日（土）

午後一時起床。入浴。
夕方より浅草に出ばり、演芸ホール。
握り寿司を食べて帰室。
『還れぬ家』を読み継ぐ。

深更三時、先日公開録音があり、審査員役で出演した「オールナイトニッポンR 決戦！お笑い有楽城」の放送を聴く。当日目にした若手芸人のコントが、耳だけで聴くとどのようになるか、の確認。

それにしても、自分のキンキン声はどうにも聴き苦しい。

明け方、カルピスサワー一缶、宝三分の二本。

手製のウインナーのウスターソース炒めと、温泉玉子二個。

最後にオリジンの白飯と、壜詰めのナメタケ。

三月三十一日（日）

午後一時起床。入浴。

徳間書店より、堀江貴文氏の初小説『拝金』の、文庫新刊見本が届く。

解説を書かして頂いたもの。該書を担当した旧知の編輯者、崔氏の情熱に打たれて引き受けるかたちとなった。

夜、買淫。

帰途、喜多方ラーメン大盛り。

深更、『en-taxi』次号用短篇のネタ繰り。

四月一日（月）

十一時半起床。入浴。のち、二時間弱サウナ。
本日より、歯医者にかかる。丸十年ぶり。
『還れぬ家』読了。労作。
深更、カルピスサワー一缶、宝三分の一本。
手製の肉野菜炒めと、温泉玉子二個。塩辛。
最後に、マルちゃんの袋入り天そばをすすって就寝。

四月二日（火）

祖母の祥月命日。
午後十二時半起床。入浴。
夜、半蔵門のTOKYO MXへ。
九時よりの生放送番組出演。
十時に終了。帰途、神保町にて尾道ラーメンをすすり、そののち改めて帰室。
寝室にて万年床に入り、小島政二郎『緑の騎士』（昭2　文藝春秋社）を読み返しているうち、いつの間にか寝てしまう。

午前五時過ぎに目が覚め、小便に立ったついでにリビングにゆき、カルピスサワー二缶と黄桜辛口一献をコップで二杯飲んで、再び床《とこ》に就く。

四月三日（水）

十一時起床。入浴。

午後四時半着を目指し、新宿の小田急ホテルセンチュリーサザンタワーへ。

ダイアモンド☆ユカイ氏との対談。

『en-taxi』次号での企画。

昨年十月より、週一でテレビの生放送番組をご一緒さして頂いているユカイ氏である故、その対談はまったく平生の雑談の調子。が、こちらとしては大層為になるお話でもある。

夜七時に終了。

カメラマンの石川氏、レッド・ウォーリアーズ時代のユカイ氏と何度か仕事をされたことがあるとのご由で、此度の奇遇を喜んでおられる。

終了後、ユカイ氏は佐野に帰られ、『en-taxi』の田中陽子編輯長と、ライターの橋本氏と三人で軽く一献。
十時前に、一軒のみにて解散す。

四月四日（木）

十一時半起床。入浴。のち、二時間弱サウナ。
いったん帰室後、新宿に出ばって末広亭で夜席を聴く。
回転寿司を食べて帰宅後、『緑の騎士』を読み続ける。
深更より、十菱愛彦の戯曲『小栗上野の死』（昭4　第一出版社）を復読。
明け方五時、カルピスサワー一缶、宝三分の二本。
コンビニ弁当のざるそばと塩辛、魚肉ソーセージ二本。
最後に、おにぎり二個とカップのしじみ汁を飲んで寝る。

四月五日（金）

午後一時起床。入浴。のち、一時間のみサウナ。
『新潮』五月号が届く。短篇「歪んだ忌日」掲載号。
夕方より歯医者。

それを終えて帰室したのち、夜七時半になるのを待って、改めて外出。

八時より、四谷三丁目にて新潮社の桜井、田畑氏と打ち合わせ。

桜井氏とは六月刊の短篇集、田畑氏とは『新潮』誌への次の創作提出期日の件について。

焼肉を鱈腹ご馳走になり、最後に韓国海苔で、白飯をイヤと云う程詰め込まさしてもらう。

十一時過ぎ、解散。

真っすぐ帰室し、早々に寝る。

四月六日（土）

午後十二時起床。入浴。

『週刊アサヒ芸能』連載コラム、第二十二回を書いてファクシミリで送稿。

夜半より、ひどい雨足。

短篇「蹌踉の門」掲載の『文學界』五月号、繰り上げ発売日の本日に至るも届かないので書店に購めにゆこうと思ったが、この豪雨では億劫なので断念す。

帯への推薦コメントを書いた、スリムクラブ・真栄田賢氏のエッセイ集『自分が嫌われてると思ってる人へ』（ヨシモトブックス）中の、ゲラ時に未付載だった〈はじめに〉と〈あとがき〉を読む。

深更、雨は止む。

カルピスサワー一缶、宝三分の二本。

手製の麻婆豆腐と、チーズ二片。

最後に、赤いきつねをすすって寝る。

四月八日（月）

午後一時起床。入浴。

夕方、歯医者。当然、長引くとの由。

夜、『en-taxi』誌次号用の短篇を書きだす。

朝方までかかって、ノートに七頁。

午前六時より晩酌。

カルピスサワー一缶、宝半本。

夜に取っておいた、宅配の和風ピザと温泉玉子二個。

四月九日（火）

午後一時起床。入浴。

日中、昨夜書いた分を、原稿用紙へ清書。

夜、半蔵門のTOKYO MXへ。

九時からの生放送番組出演。

終了後、巣鴨に寄りて塩バターチャーシューメンをすすり、そののち、改めて帰路につく。

深更一時頃より布団に腹這い、ノートをひろげるも、眠くてどうにもならず。

手もなく自分に負け、うたた寝する。

四時半過ぎに一度目が覚め、申し訳程度にノート一頁分弱を埋めたのち、リビングに行って飲酒。

カルピスサワー一缶、宝三分の二本。

昨夜のピザの残りと、牛肉の缶詰。

最後に、マルちゃんの袋入りカレーうどんを煮て食べ、再び就寝。

四月十日（水）

午後十二時起床。入浴。

日中、『週刊アサヒ芸能』連載コラムの第二十三回を書いて、ファクシミリにて送稿。GW変則進行で、今週と再来週は締切が早くなっている（なぜか来週は通常通りだが）。

夜、二時間弱サウナ。

月見蕎麦とカレーライスを食べて帰室後、『en-taxi』誌の、短篇の稿を継ぐ。

ノートに七頁書き、都合十五頁で終了。

まずはホッとし、カルピスサワー一缶と、黄桜辛口一献五合弱。

レトルトのハンバーグ二個と、コンビニで購めたフランクフルト、バターピーナッツ。

最後に、でかまるの〝味噌〟をすすって寝る。

四月十一日（木）

午後一時起床。入浴。

残りの清書に取りかかる。

夜十時半、終了。合計で二十一枚となる。

近くの安ステーキ屋でビフテキと大盛りライスを食べたのち、引き続き全体の訂正作業に取りかかる。

例によって削るところは一切なく、滅法に書き込む悪癖を今回も発揮す。

明け方四時過ぎに、どうにか出荷可能な状態に仕上げて、短篇「朧夜」、一応の完成。

ファクシミリにて送稿。

一杯やって、万年床に入る。

四月十二日（金）

午後十二時半起床。入浴。

『en-taxi』誌の田中陽子編輯長から、「朧夜」採用の連絡。

一時過ぎ、バイク便にて早くも著者校ゲラが届く。戻しは夕方六時まで、とのこと。

ギリギリまでかかって、更に加筆した上で返送。

此度もすでに台割確定し、はな自分が伝えていた二十枚分の頁しか使えぬ為、前号の「形影相弔」同様、かなり行数を詰めての掲載となる由。無論、それは自業自得のこととて異議はなし。と云うより、載せてもらえるだけで有難い。

『en-taxi』誌を終え、すぐさま『小説現代』誌の連載エッセイ、「東京者がたり」の第十三回に着手。

これも遅れに遅れてしまっていたもの。

わりとスムースに進み、午後九時半までに六枚分埋めて完成す。

すぐとファクシミリにて送稿。

その後、「朧夜」を読み返し、ミスのあった四箇所を直すべく、陽子編輯長に連絡。

午前三時を過ぎていたが、まだ反映は間に合うとのことで、一安心。

カルピスサワーと、宝を飲んで寝る。

四月十三日（土）

午後一時起床。入浴。

一時間だけサウナに行ったのち、歯医者。

左上の一本を抜歯。その隣りの、最も痛んでいたやつの治療が厄介だそうで、それとは別に、あと二本抜く必要があるそうな。

抜いたとこよりも、その隣りの歯がズキズキ疼く。
晩飯は抜き、深更にカルピスサワー一缶と、宝三分の二本。
生蕎麦二人前を茹でて、ざるにしたのを肴とす。それと、惣菜の野菜の天ぷら四つ。

四月十五日（月）

午後一時起床。入浴。
歯の疼き酷し。
終日在宅するも、本を読む気にはなれず。
江戸川乱歩のテレビドラマシリーズのＤＶＤを、四本眺めて過ごす。
深更、カルピスサワー一缶、黄桜辛口一献五合。
手製の目玉焼き三個と塩辛。冷凍食品のハンバーグ。
最後に、ペヤングソース焼きそばを食べて就寝。
右の歯でしか噛めぬので、何を食べても美味くない。

四月十六日（火）

午後一時半起床。入浴。

夜、痛み止めを服んでから、半蔵門のＴＯＫＹＯ　ＭＸに赴く。

九時よりの生放送番組出演。

終了後、巣鴨に寄りて、つけ麵の大盛りを食べたのちに改めて帰路につく。

早々に寝床へ入り、藤澤清造の『根津権現裏』を、またアタマから読み返す。

午前五時過ぎ、いったんリビングにゆき、映画『病院坂の首縊りの家』のサントラＣＤを聴きつつ、カルピスサワー二缶、黄桜三合強。

魚肉ソーセージ一本と、チーズ二片。それと塩辛を少し。

つけ麵の腹持ちがよく、それだけで充分となって、就寝。

四月十七日（水）

午後一時半起床。

歯の疼きは続く。

取りあえず短篇三本を済ましておいたのが、不幸中の幸いのかたち。

痛み止めを服むとそれなりに鎮まるが、連用で些か頭がフラフラする。

性慾すら起きぬまま、寄贈されて読まずにたまっていた週刊誌を種々拾い読み。

夜、浅草に出ばり、演芸ホール。

お寿司はやめて、王子に戻ってからつけ麺を食す。

帰室後、寝床にて『根津権現裏』を読み上げ、そののち晩酌。

缶ビール一本、宝三分の二本。

冷凍食品のシューマイと、パック詰めのおでん。

最後に、冷食のさぬきうどんを冷やしにしてすする。

四月十八日（木）

午後一時起床。入浴。

疼きはだいぶ治まったので、二時間弱サウナ。

肉屋で焼鳥を二十本程購めて帰室後、次の短篇のネタ繰り。

夜、『新潮』誌の大正十三年二月号を拾い読み。

深更、カルピスサワー一缶、宝三分の二本。

焼鳥と、ホタルイカの沖漬。

食べているうちに、宅配寿司を取っておかなかったことをふと後悔す。今日の自分は握りを欲していたようである。

緑のたぬきをすすって、就寝。

四月十九日（金）

午後二時起床。入浴。

夕方、歯医者。

『週刊アサヒ芸能』連載コラム、第二十四回を書いて、ファクシミリにて送稿。

残しておく方針で治療を続けていた左上の一本だったが、疼きが酷いのでやはり抜いてもらうことにする。

これで左上の奥歯、二つ並んで空洞と化す。

あと、左下に虫歯と右下に親知らずがあり、これも抜くことになるのだが、今のところ痛みは出ていないので、実施はしばらく待ってもらうことにする。

そう立て続けに抜歯をされては、原稿仕事の方に障りもでてこよう。

麻酔が切れるのを待って、蕎麦屋でもりを二枚。

深更、スーパーで購めた本まぐろのお刺身と、ウニ。昨日の残りの焼鳥七本。

最後に、オリジンの白飯とナメタケ、焼海苔。

四月二十日（土）

午後一時半起床。入浴。
新刊『棺に跨がる』の発売日。内容よりも、装画がいい。此度も無論、信濃八太郎氏の手によるもの。二十四冊目の単著。

四月二十二日（月）

午後一時半起床。入浴。
終日在宅。終日無為。
深更、カルピスサワー一缶、宝三分の二本。
手製のハムエッグ三個と、塩辛。
最後に冷食のさぬきうどんをすすって、寝に就く。

四月二十三日（火）

午後一時半起床。入浴。

『週刊アサヒ芸能』連載コラム、第二十五回を書いて、ファクシミリにて送稿。ＧＷ変則進行の最後のもの。次の締切までは二週間以上が空く。

夕方、歯医者。

夜、半蔵門のＴＯＫＹＯ　ＭＸへ。

九時からの、生放送出演。

終了後、巣鴨に寄りて味噌チャーシューメンをすすったのち、改めて帰路につく。

深更、カルピスサワー一缶、宝三分の二本。

手製のウインナーのウスターソース炒めと、冷食のホーレン草。

最後に、オリジンの白飯と生玉子。

四月二十四日（水）

午後一時起床。入浴。

夕方、五時着を目指して文藝春秋へ。

同社会議室にて、女性誌『ＭＯＲＥ』のインタビュー取材を受く。

終了後、『文學界』の森氏、田中光子編輯長らと焼肉。

その後、「風花」に流れる。

四月二十五日（木）

午後二時起床。入浴。のち、二時間弱サウナ。

もり蕎麦二枚を食べて帰室後、届いていた『en-taxi』三十八号を開く。

短篇「朧夜」掲載号。

続いて、『小説現代』五月号を拾い読み。連載の拙文、今回は「旧花園町」のその一。

夜、十条にて、生姜焼きライスと餃子。

深更、カルピスサワー一缶、黄桜辛口一献五合。

レトルトのビーフシチューと、缶詰のイカの煮付け、魚肉ソーセージ一本。

最後に、赤いきつねをすすって寝る。

四月二十六日（金）

午後一時起床。入浴。

一軒、所用を済ませたのちに歯医者。縫合していた箇所の抜糸。

帰室後、昨日新潮社よりバイク便にて届いていた、六月刊の短篇集、『歪んだ忌日』の著者校ゲラを開くも、まだ本格的には手を付けず。

夜、十条にて、餃子ライスと塩ラーメン。

深更、カルピスサワー一缶、宝三分の二本。

手製の肉野菜炒めと、トマト二個。

最後に、カップ焼きそば。

四月二十七日（土）

午前十時起床。入浴。

午後一時半、赤坂のTBSに赴く。

バラエティー番組の収録。*

終了後、後楽園に寄りて二時間強サウナ。

とんこつラーメンをすったのち、帰室。

三時間程眠り、『歪んだ忌日』中の、「膣の復讐」ゲラ訂正等。

明け方、昨日の収録までは、痛風の発作が起きるのを避ける為に禁じていた缶ビールを二本飲む。大層、うまし。ついで宝一本。

パック詰めのおでんと、納豆二パック、バターピーナッツ。

*「リンカーン」5月21日放送

最後に、緑のたぬきをすすって、再び寝る。

四月二十八日（日）

午後十二時起床。入浴。

三時間程を部屋の掃除に費す。

その後、近所の蕎麦屋にて、天丼と冷やしきつねそば。

帰室後、佐伯一麦氏の最新刊『光の闇』（扶桑社）を読む。

八篇の連作短篇私小説集。硬質でありつつ、しかししなやかな、その独得の文体にはいつもながら唸らせられる。

夜九時、室にてサッポロ一番の〝塩〟を煮て、バターを一片落としてすすったのち、少し寝る。

深更一時、再び入浴してから机に向かいて、『歪んだ忌日』のゲラ。

佐伯氏の端正な御作を読んだあとのせいか、自らの愚作のどうしようもなさが、つくづくイヤになってくる。

なので、まだ戻しに余裕があるのを幸い、冒頭作の「青痣」の見直しを中途で投げだし、田中英光の『全集』第七巻に手をのばす。

英光の文法も句読点も全く破格な、体ごと一気に押しまくってくる文体に接すると、また自分も自分なりのド下手な小説に取り組んでみようとの勇気が湧いてくる。

四月二十九日（月）

藤澤清造月命日。

午後一時起床。入浴。のち、二時間弱サウナ。

帰室後、室内墓地に香華を手向け、短篇集のゲラ訂正に没頭す。

深更、カルピスサワー一缶、宝三分の二本。

痛風の発症を避ける為に、缶ビールの代替品として飲んでいたこのサワーだが、今やすっかり口開けの一杯に定着した。

もともとがカルピス好きの自分だけに、この他に五百ミリペットボトルのカルピスウォーターを日に一本欠かさぬが、今は水道水で割っている宝も、そのうちカルピスウォーターで割り始めそうな予感がして怖い。

四月三十日（火）

午後一時起床。入浴。

夜、半蔵門のTOKYO　MXテレビへ。

火曜日レギュラーをつとめる「ニッポン・ダンディ」出演。

この日は、本然のゲストダンディ、戦場カメラマンの渡部陽一氏の他に、今話題の女性タレントが緊急生出演するとあって、平生は森閑としているMXの正面玄関前に、大層な数の報道関係者が詰めかけている。

もう一箇所の出入口たる、裏の通用口前にもまた然り。

プロデューサー氏によると、「MX開局以来の騒ぎ」だとか。

で、その九時からの生放送番組を終えて、帰り途に巣鴨に寄る。とんこつラーメンの大盛り。

帰室後、青林工藝舎の『アックス』第九十二号を拾い読み。今号もまた、清水おさむ氏の濃厚な世界に、ひとときのあいだ陶然とする。そして鈴木詩子氏の新作が待ち遠しい。

明け方五時まで、雑用一束。

そののち飲酒。

カルピスサワー一缶、宝三分の二本。

冷凍食品の餃子と、温泉玉子二個。

最後に、マルちゃんの袋入りカレーうどんを煮てすする。

五月一日（水）

午後一時半起床。入浴。のち、二時間弱サウナ。

五月となり、この文藝春秋の『本の話WEB』での日記公開も、今月一杯にて終了となる。

尤も、世に云うブログと決定的に違うのは、これはあくまでも連載物として、一回、一週分を、基本四百字詰原稿用紙五枚に書き、そして一枚につき代価をもらっている点だ。

とは云え、直接的な利益にはつながらぬ、自社PRのウェブ内での連載だからとの分かったような分からぬような理由の下、その原稿料は、自分の場合に限っては通常の相場よりはるかに低い。

それでいて、まともに校正も校閲も通さず、更新日は一週間後のくせしてその回の原稿提出だけはやけに急がせる嘗めた媒体であり、かつ、その現編輯長の、出世の為の保身より生じた意向なのだろうが、校閲は杜撰だが恐ろしいことに検閲は健在にして、あれを削れ、ここは認められぬ、なぞ殆ど脅迫的に文言の削除を強いてくる（応じるつもりはないが）、甚だ無礼でいい加減きわまりない媒体でもあったから、この『本の話WEB』での連載丸一年（その前の、ウェブ文芸誌『マトグロッソ』での連載期間を入れると、都合二年）と云うのは、やはり良い引き潮どきであろう。結句、紙媒体の方が自分には向いている。

夜九時、鶯谷に赴く。

「信濃路」にて、『新潮』誌の田畑氏と打ち合わせ。

生ビール一杯、ウーロンハイ八杯か九杯。

レバニラ、ウインナー揚げ、まぐろのブツ、豆腐ハンバーグ、チーズ揚げ、帆立バター焼、ワンタン、塩らっきょう、を、自分は平らげる。

最後に、各々コロッケ入りカレー蕎麦と、半ライスを取る。

田畑氏、運ばれてきたカレー蕎麦から、上にかかったルーとコロッケのみを半ライスの上にうまいこと載せて、わざわざ別途にレンゲをもらい、それでもってかき込む。だったら、はなからかけ蕎麦とコロッケカレーを誂えればいいのに、と思うが、氏はときどきこうした不条理な行動をみせる。

午前一時半に店を出て、タクシーにて二時前に帰室。

早々に寝る。

五月二日（木）

午後一時起床。入浴。

三時半に大手町へ。

所用を済ましたのち、久々に早稲田の古本屋街に寄る。

余りに久々過ぎて、何やら新鮮。

源氏鶏太の角川文庫本二冊を購め、穴八幡下でカツ丼を食べる。尾崎一雄気分。

夜、ゲラ訂正。

深更、カルピスサワー一缶、宝三分の二本。

宅配寿司の握りを三人前と、茶碗蒸し。

これも久々に、新潮カセットブックの、松本清張の短篇二本入りのを聴きながら飲む。

五月三日（金）

午後二時起床。入浴。

寄席に行きたいが、GW期間とあっては、やはり人ゴミ嫌いな自分の足は渋る。

一時間だけサウナ。

帰室後、遅ればせながら『週刊現代』のGW合併号を開く。ユニクロ関連記事中での、自分のコメント掲載。

源氏鶏太のサラリーマン物を立て続けに二冊読んだのち、飲酒。

五月六日（月）

午後一時半起床。入浴。

引き続き、短篇集のゲラ訂正。

深更一時、「信濃路」へ。

生ビール一杯、ウーロンハイ六杯。

レバーキムチ、ウインナー揚げ、豚汁、エシャレット。

最後に冷やしそうめんとカレーライスを平らげて、四時前に帰室。

そのまま寝る。

五月七日（火）

午前十一時半起床。入浴。

午後一時、所用で日本橋に赴く。

三時過ぎにいったん帰宅し、少し寝る。

夜、半蔵門のTOKYO　MXへ。

九時より、「ニッポン・ダンディ」生放送出演。

終了後、神保町に寄りて尾道ラーメンをすすり、それから改めて帰室。

『新潮45』誌六月号の、特集頁用のエッセイを書いて、ファクシミリにて送稿。五枚。

明け方五時過ぎより晩酌。缶ビール一本、宝三分の二本。

手製のハムエッグ三個と、壜詰めのシャケのほぐし身。チーズ一片。

最後に、緑のたぬきをすすって就寝。

五月八日（水）

午後一時半起床。入浴。

短篇集ゲラ。

夜、買淫。

帰路、喜多方ラーメンの大盛り。

帰室後、何んとはなしに万年床にて、永瀬三吾の『売国奴』を十数年ぶりに読み返す（双葉文庫の『日本推理作家協会賞受賞作全集』のものではなく、昭和三十二年刊の春陽文庫版の方で）。

明け方、カルピスサワー一缶、黄桜辛口一献五合。

手製の、コンビーフとキャベツを一緒に炒めたやつと、魚肉ソーセージ二本。チーズ一片。

最後に、ペヤングソース焼きそばを食べて寝る。

五月九日（木）

午後一時起床。入浴。のち、二時間弱サウナ。

一昨日届いていた寄贈文芸誌のうち、『新潮』と『文學界』のみ、しょうことなしに開く。

平生はいずれも封も開けずに捨てているが、或いは拙著の書評が出ているかもしれぬ為、一応その頁だけ確認す。『群像』他からは意図的に排斥されてるので、その方は到着直後に、すでにゴミ箱へ投じてある。

と、期待していた通り、『新潮』には先月刊の短篇集『棺に跨がる』（文藝春秋）が、

そして『文學界』の方には二月に刊行されていた、本日記の第一期分の単行本化であ

る『一私小説書きの日乗』（同）の書評があった。

執筆して下すった阿部公彦、藤野可織両氏と、採り上げて下すった両誌の編輯者に感謝すること頻り。

深更、『週刊アサヒ芸能』連載コラム、「したてに居丈高」第二十六回を書いて、ファクシミリにて送稿。

深更、夕方に取って冷蔵庫に入れておいた、宅配寿司の握り三人前と、茶碗蒸しにて晩酌。

缶ビール一本、宝一本。

五月十日（金）

午後一時半起床。入浴。

『スーパー写真塾』誌での、宮台真司氏との対談のゲラの一部が届く。四回に亘って連載するうちの、まず二回分だとか。

続いてこれも先月にうけた、『抒情文芸』誌のインタビューのゲラも届く。

ともに少しく手を入れて返送。

夕方、歯医者。

夜、十条にて生姜焼きライスと餃子。

深更、新潮社の短篇集ゲラ。殆ど改稿に近い。

朝六時、カルピスサワー一缶、黄桜辛口一献五合。レトルトのビーフシチューと、チーかま二本、ツナ缶、塩辛。最後に、赤いきつねをすすって寝る。

五月十一日（土）

午後一時半起床。入浴。のち、二時間弱サウナ。

帰室後、短篇集ゲラ。

深更、カルピスサワー一缶、宝三分の二本。オリジンで購めた、トンカツ弁当とトマトのサラダ。唐揚五個。

五月十二日（日）

午後一時半起床。入浴。のち、二時間弱サウナ。休日のこと故、大変な混み具合。

帰室後、よく買いに行く肉屋の女主人（?）に頼まれていた色紙を二枚書く。

ついで、台湾語版の拙著、『苦役列車』の版元より、読者プレゼントに供すると云うサイン本を五冊書き、これは窓口たる新潮社に宅配便で送る。

夜、十条にて餃子定食とラーメン。

深更、『小説現代』誌の連載エッセイ、「東京者がたり」の第十四回を書いて、ファクシミリにて送稿。

明け方、短篇集のゲラ、最後の一篇の残り十頁に手を入れる。

そののち、カルピスサワー一缶、宝三分の二本。

肉屋で購めておいた、チキンサラダとチキンロール。塩辛。

最後に、袋入りのマルちゃん天ぷらそばを煮てすする。

五月十三日（月）

午後二時半起床。入浴。

短篇集ゲラ、最後の念入れ確認作業。

するうち、夕方五時過ぎに『小説現代』誌から著者校が届く。手を入れて返送したのち、短篇集ゲラに戻り、七時過ぎにひとまず終了。

新潮社出版部の桜井氏に連絡を入れ、バイク便の手配をしてもらう。

三時間後、桜井氏より受領と確認済みの報が届いたと同時に室を出て、寿司屋で一杯飲む。

午前一時前に帰室後、少し寝て、明け方五時より、カルピスサワー一缶、宝三分の一本。

魚肉ソーセージ二本、チーズ二片。

最後に、カップのあさり汁を飲んで、再び就寝。

五月十四日（火）

午後一時起床。入浴。

思うところあり、『本の話WEB』と云ういい加減な媒体での日記連載を取りやめる。

はなの連載予定期間の終了までにあと三回を残していたが、またぞろ、かの現編輯長とか云うサラリーマンの、必死な保身の検閲がやかましいので致し方なし。

移転先としては、やはり『野性時代』誌が理想である。と云うのも、そもそもこの日記は同誌の平成二十年四月号における〝日記特集〟のうちの一篇として、「松の内枝萃」（新潮文庫版『随筆集　一私小説書きの弁』所収）と題し掲載してもらったのが、はなの取っかかりだ。『マトグロッソ』の編輯者は、これを読んで自分に日記連載の話を持ちかけて下すったのである。

なれば原点の該誌で続きを載せてもらいたいところだが、そうは云っても、かような五流の書き手の、ただ起きて飲み食いして寝るだけを記した全くのやおいな駄文を採ってくれようはずもないし、何より、先には一年間連載を続けさしてもらっていた自伝エッセイみたいなのを、勝手に無断で（文字通り、〝勝手〟に〝無断〟なかたちではあった）止めてそのままにしてしまった前科もある故、やはりこの望みはかなり虫の良すぎるきらいがある。

が、状況も状況だけにここは一番、本来誰にも下げぬ頭を下げ、該誌に謝罪とともの打診を試みる必要があろう。

夜、半蔵門のTOKYO　MXへ。

九時からの「ニッポン・ダンディ」生放送出演。

終了後の帰途、西巣鴨でとんこつ正油ラーメンをすすり、それから改めて帰室。

寝床にて、岡田鯱彦の『予告殺人』（昭33　同光社刊）を読む。

集中四篇のうち、「石を投げる怪人」「姉の手は語る」は初読、「妖鬼の呪言」「死の断崖」は他の刊本収録のですでに読んでいる。それも二十数年前の一度きりのことでは、殆ど初読と同じ感覚。また、この版元のこと故、前者二篇も自分がすでに読んでいる短篇の改題作かも知れぬ。
明け方四時、カルピスサワー一缶、宝半本。

五月十五日（水）

午後一時起床。入浴。
夕方五時四十分着を目指し、テレビ朝日本社へ。
学生服着用のクイズ番組収録*。
夜九時半終了。真っすぐ帰室し、本日記に関することも含む雑用一束。
明け方五時、カルピスサワー一缶、宝三分の二本。
テレビ局の楽屋から持ち帰ってきた、焼肉弁当二個を肴とす。

五月十六日（木）

午後十二時半起床。入浴。
引き続き、日記その他に関する雑用一束。
夜、二時間程サウナ。
帰途、巣鴨で味噌バターチャーシュー麵と餃子ライス。

帰室後、『週刊アサヒ芸能』連載コラムの第二十七回を書いて、ファクシミリにて送稿。

明け方（すでに空は明けきっているが）五時、カルピスサワー一缶、黄桜辛口一献五合。

手製のベーコンエッグ三個と、レトルトのカレー。バターピーナッツ。

最後に、赤いきつねをすすって寝る。

五月十七日（金）

午後十二時半起床。入浴。

玉袋筋太郎氏のラジオを聴きつつ、雑用一束。

夕方、近くのスーパーに食料品と日用品の買い出し。

夜八時、四谷三丁目の焼肉店へ。

『新潮』誌の田畑氏と打ち合わせ。

生ビールとウーロンハイを飲み、タン塩、ロース、ハラミ、カルビ、特選ヒレ、鳥モモ、セセリ、ソーセージ等を鱈腹詰め込みつつ、原稿の予定の立て直しを計る。

＊「Qさま!!」6月10日放送

最後に、自分は白飯とハラミと韓国海苔、田畑氏は冷麵を取って貪り食う。

十一時過ぎに店を出て、一瞬「風花」に流れかけるも、やはりやめて解散す。少々、体調を崩している（これだけ肉を平らげておいて云うのも何んだが）。

十一時半過ぎに帰室し、いったん寝る。

明け方四時に起きて、カルピスサワー四缶を飲む。

さすがに肴は、二片のチーズとバターピーナッツのみで事足りる。

六時半過ぎに再就寝。

五月十八日（土）

午後一時起床。入浴。のち、二時間弱サウナ。

届いていた、『新潮45』を開く。先日書いたエッセイ「唯ぼんやりした不安」掲載号。

夜七時、浅草へ赴く。

演芸ホールにて夜席を聴き、確とした〝藤澤清造スポット〟たる久保田万太郎旧居跡に佇み、そののち安寿司屋へ向かう、いつもの流れ。

が、この日は少し気分を換え、お刺身で一杯飲んだあとの握り十数貫を、チラシ寿司へと変更する。

チラシもたまに食べると、本当に美味しい。川崎長太郎気分。

で、帰室後は寝床にて、その川崎長太郎の短篇を五篇程復読。

少し寝たあと、午前五時よりカルピスサワー一缶、黄桜辛口一献三合。

納豆二パックと、塩辛。

最後に、冷食のさぬきうどん一玉を〝かけ〟にしてすする。

五月十九日（日）

午後二時起床。入浴。

本来なら、今頃はネジリ鉢巻きで取りかかっていたはずの、『文學界』誌に持ち込む段取りの八十枚ものの予定を自らご破算にしたので、至極空虚な気分。

一時間だけサウナ。

そのち、買淫。今日は外れ。

帰途、喜多方ラーメン大盛り。

帰室後、『俳句界』七月号用のエッセイを書いて、ファクシミリにて送稿。

寝床にて、田中英光の『酔いどれ船』を半分近くまで復読。

明け方五時、夏八木勲主演の「白昼の死角」のDVDを観返しつつ、カルピスサワー一缶、宝三分の二本。

手製の、ウィンナーのウスターソース炒めと、スモークチーズ。

五月二十日（月）

午後一時半起床。入浴。

日本文藝家協会編の『ベスト・エッセイ２０１３』に収録となる、「韓国みやげ」に少しく手を入れて返送。

新宿の末広亭にゆき、夜席を聞く。

牛丼の特盛りを食べて帰室。

また段々と小説が書きたくなってくる。

解説

玉袋筋太郎（芸人）

賢太先生、早すぎるよ。

もっと年取って、六十代、七十代で暴言を吐いている姿を見たかったよ。

同い年で、おたがい長い雌伏期間を経ているのも一緒、学歴もなく、なんとか世に出ることができたのも同じで……とても共通項の多かった賢太先生のことを、俺は勝手に尊敬していた。

そもそも最初に意識したのは、高田文夫先生から「面白い奴いるよ」って教えてもらったときだった。

賢太先生はビートたけし師匠と高田先生がやっていたオールナイトニッポンの大ファンで、高田先生のことも尊敬し、対談されていた。

俺も賢太先生の小説は前々から読んでいて、芥川賞受賞から話題だったし、もちろん存在は知っていた。

ただ、なかなか会う機会がなかったところ、フジテレビの「ボクらの時代」という番組で伊集院光と出演する機会を得て、初めて会うことができた。自由にしゃべることができる番組でもあり、そこで意気投合して、せっかくだからと、さっそく有名な文壇バー「風花」に飲みに行った。

初めての飲み会で、お互いの秘密を明かそうぜって、固めの杯を交わすくらいの勢いで飲み明かした。初っ端から濃い夜だった。後から考えれば、たぶん、賢太先生に「俺」って存在を知ってもらいたかったんだと思う。

それからすぐに、二人で飲みに行く約束をした。賢太先生のホームグラウンドは鶯谷の「信濃路」だけど、俺のホームグラウンドは中野坂上の「加賀屋」（現在は閉店）だった。賢人先生が「加賀屋」に来てくれるっていうんで、恐縮しながら待っていた。いつも賢太先生は手ぶらでは来ず、必ずお土産を持ってきてくれたけど、初めての時は「錦松梅」だった。なんだよ、その上品な手土産は。柄じゃないだろ。でもその気遣いがうれしかった。それからは俺も手土産に賢太先生の吸っていた「ラッキー・ストライク」を持っていった。

二人で初めて飲んだ時も、賢太先生はすごく丁寧で、慇懃《いんぎん》なくらいだった。でも酒が進むうちに、お互い「地金」が出てきて、そこからは長年の親友のようだった。同い年で、同じ日本ハムファイターズのファンだったこともあるけど、お互いに潜伏期間が長いところから浮上してきたことも、尊敬しあえた。

ところがある時、「風花」で泥酔して、お互いに褒め合いすぎて、言い合いになった。なんであんなことになったかわからないけど、相互に「おまえのほうがすごいよ」って褒め殺しになって喧嘩になってしまった。店の人が引くくらいの怒鳴り合いだった。ただ、今思えば、俺は賢太先生の小説に出てくる分身「北町貫多」を味わってみたかったのかもしれない。小説に何度も登場して、理不尽な目に遭う「秋恵」にキレる貫多を。

喧嘩したあとはすごく落ち込んだ。なんであんなことを言ったんだろう、大事な人を失ってしまったと後悔した。

そこでこちらから三日後くらいにお詫びのメールを入れたら、賢太先生は歩み寄ってくれて、「手打ちの一献を」という返事がきた。あれはうれしかった。

賢太先生は手打ち式に、煙草に加えてバームクーヘンを持ってきてくれた。俺はそのときはカステラだった。

そこからはまた定期的に飲みに行くようになり、風俗遊びもやった。

こんなことを言ったら怒られるかもしれないけど、別に女性に飢えているというわけではなく、風俗に行くことで、一緒に駄菓子屋に通う気分になっていたんだと思う。

前置きが長くなってしまったが、本書は賢太先生が亡くなるまでライフワークとして書き継いだ「一私小説書きの日乗」シリーズの二作目にあたる。平成二十四年五月からの一年間を書いている。

この日記を読むと、いつも「ああ、だめだよ」って思っていた。晩酌で飲み過ぎたり、寝る前にカップラーメンで締めたり、体に悪いことばかりしている。俺自身もこの日記と比較して自分のダメさ加減を認識していたところもあったから、よけいにそう思ったのかもしれない。

でも本当に赤裸々で、真っ裸の賢太先生がいる。

少ない文章の中で、賢太先生の体臭まで立ち上ってくるようで、臨場感がある。

ともするとこの賢太先生の体臭は、発酵臭のようなものだったりするのだけど、ここがはっきり、読者を選ぶリトマス試験紙のようなものだったりする。百パーセントの人に好かれなくたっていい、わからない奴にはわからなくていい、という潔さが感じられる。

本書の中で、ビートたけし師匠と飲みに行く回があるけど、俺はその場にいなかっ

ている。

た。悔しかった半面、この記述を読むだけでうれしくなってしまった。

この日記を読んで、また賢太先生の小説を読むと、倍面白い。そのような本になっ

賢太先生の小説は、いつも腹を抱えて笑う描写に溢れていた。でもそれほど笑うことができる文章というのはなかなかあるものじゃない。ドリフのコントじゃないけど、「志村後ろ！」と北町貫多に叫びたくなる。俺には文学を語ることはできないけど、本来は下世話な話を文学に、なおかつエンターテインメントにしている小説を、俺は他に知らない。

生き方はガチンコなんだけど、やっていることは最低な貫多を、もっと読みたかった。

常々、賢太先生は「五十代で死ぬ」って言っていたけど、ベタに本当のことになってしまった。若くして急逝して英雄視されるのをもっとも嫌っていたくせに。

でも、時代の寵児《ちょうじ》としてテレビでもてはやされ、いじられたりもしていたけど、最後は作家としてマス目に戻っていった姿勢は、立派だと思う。

テレビに出なくなってから、なかなか会うこともなくなってしまい、三年会えない

まま別れてしまったことは心残りにもなるけど、作家・西村賢太として、それこそ師匠の藤澤清造のように往生した姿は、賢太先生らしい死にざまだった。

賢太先生の生きざまは、大きなクジラが、長い潜水期間を経て浮上して、また海中に深く戻っていったようだった。俺はホエールウォッチングをしている感覚だった。

その中で、少しでも時間を共有できたことは幸せだった。

あんな人はもう出てこない。俺の代わりに小説の中で悪いことをすべてやってくれているような北町貫多を生んだ賢太先生。隠すことがなく、ありのままの人間を描き、強烈な印象を残した賢太先生を、もう褒めることができないと思うと、寂しい。

本書は、二〇一三年十二月に小社より刊行された
単行本を文庫化したものです。

一《いち》私小説書《わたくししようせつか》きの日乗《にちじよう》

憤怒《ふんぬ》の章《しよう》

西村賢太《にしむらけんた》

令和4年 5月25日 初版発行

発行者●堀内大示

発行●株式会社KADOKAWA
〒102-8177 東京都千代田区富士見2-13-3
電話 0570-002-301(ナビダイヤル)

角川文庫 23185

印刷所●株式会社暁印刷
製本所●本間製本株式会社

表紙画●和田三造

ISBN 978-4-04-112611-0 C0195

角川文庫発刊に際して

角川源義

第二次世界大戦の敗北は、軍事力の敗北であった以上に、私たちの若い文化力の敗退であった。私たちの文化が戦争に対して如何に無力であり、単なるあだ花に過ぎなかったかを、私たちは身を以て体験し痛感した。西洋近代文化の摂取にとって、明治以後八十年の歳月は決して短かすぎたとは言えない。にもかかわらず、近代文化の伝統を確立し、自由な批判と柔軟な良識に富む文化層として自らを形成することに私たちは失敗して来た。そしてこれは、各層への文化の普及滲透を任務とする出版人の責任でもあった。

一九四五年以来、私たちは再び振出しに戻り、第一歩から踏み出すことを余儀なくされた。これは大きな不幸ではあるが、反面、これまでの混沌・未熟・歪曲の中にあった我が国の文化に秩序と確たる基礎を齎らすためには絶好の機会でもある。角川書店は、このような祖国の文化的危機にあたり、微力をも顧みず再建の礎石たるべき抱負と決意とをもって出発したが、ここに創立以来の念願を果すべく角川文庫を発刊する。これまで刊行されたあらゆる全集叢書文庫類の長所と短所とを検討し、古今東西の不朽の典籍を、良心的編集のもとに、廉価に、そして書架にふさわしい美本として、多くのひとびとに提供しようとする。しかし私たちは徒らに百科全書的な知識のジレッタントを作ることを目的とせず、あくまで祖国の文化に秩序と再建への道を示し、この文庫を角川書店の栄ある事業として、今後永久に継続発展せしめ、学芸と教養との殿堂として大成せんことを期したい。多くの読書子の愛情ある忠言と支持とによって、この希望と抱負とを完遂せしめられんことを願う。

一九四九年五月三日

角川文庫ベストセラー

ニート

絲山秋子

どうでもいいって言ったら、この世の中本当に何もかもどうでもいいわけで、それがキミの思想そのものでもあった――（「ニート」）現代人の孤独と寂寥、人間関係の揺らぎを描き出す傑作短篇集。

あなたの獣

井上荒野

子を宿し幸福に満ちた妻は、病気の猫にしか見えなかった……女を苛立たせながらも、女の切れることのない男・櫻田哲生。その不穏にして幸福な生涯を描いた、著者渾身の長編小説。

結婚

井上荒野

結婚願望を捨てきれない女、現状に満足しない女に巧みに入り込む結婚詐欺師・古海。だが、彼の心にも埋められない闇があった……父・井上光晴の同名小説にオマージュを捧げる長編小説。

落下する夕方

江國香織

別れた恋人の新しい恋人が、突然乗り込んできて、同居をはじめた。梨果にとって、いとおしいのは健悟なのに、彼は新しい恋人に会いにやってくる。新世代のスピリッツと空気感溢れる、リリカル・ストーリー。

泣かない子供

江國香織

子供から少女へ、少女から女へ……時を飛び越えて浮かんでは留まる遠近の記憶、あやふやに揺れる季節の中でも変わらぬ周囲へのまなざし。こだわりの時間を柔らかに、せつなく描いたエッセイ集。

角川文庫ベストセラー

角川文庫ベストセラー

西荻窪キネマ銀光座　角田光代　三好銀

ちっぽけな町の古びた映画館。私は逃亡するみたいに座席のシートに潜り込んで、大きなスクリーンに映し出される物語に夢中になる——名作映画に寄せた想いを三好銀の漫画とともに綴る極上映画エッセイ！

幾千の夜、昨日の月　角田光代

初めて足を踏み入れた異国の日暮れ、終電後恋人にひと目逢おうと飛ばすタクシー、消灯後の母の病室……夜は私に思い出させる。自分が何も持っていなくて、ひとりぼっちであることを。追憶の名随筆。

今日も一日きみを見てた　角田光代

最初は戸惑いながら、愛猫トトの行動のいちいちに目をみはり、感動し、次第にトトのいない生活なんて考えられなくなっていく著者。愛猫家必読の極上エッセイ。猫短篇小説とフルカラーの写真も多数収録！

光炎の人 (上)(下)　木内昇

日露戦争の行方に国内の関心が集まっていた頃、徳島の貧しい農家に生まれた少年は、電気の可能性に魅せられていた。電気で人々の暮らしを楽にしたいという思いを胸に、少年は大きな一歩を踏み出す。

疫病神　黒川博行

建設コンサルタントの二宮は産業廃棄物処理場をめぐるトラブルに巻き込まれる。巨額の利権が絡んだ局面で共闘することになったのは、桑原というヤクザだった。金に群がる悪党たちとの駆け引きの行方は——。

角川文庫ベストセラー

ツキマトウ 警視庁ストーカー対策室ゼロ係
真梨幸子

ぱったん、ぱったん、ぱったん、ぱったん……近づいてくる足音、蝕まれていく心——。ふとした日常の違和感から妄執に取り憑かれていく男女たちを、イヤミスの旗手が放つ戦慄のストーカー小説！

高校入試
湊　かなえ

名門公立校の入試日。試験内容がネット掲示板で実況中継されていく。遅れる学校側の対応、保護者からの糾弾、受験生たちの疑心。悪意を撒き散らすのは誰か。人間の本性をえぐり出した湊ミステリの真骨頂！

ブロードキャスト
湊　かなえ

中学時代、駅伝で全国大会を目指していた圭祐は、あと少しのところで出場を逃した。高校入学後、とある理由によって競技人生を断念した圭祐は、放送部に入部。新たな居場所で再び全国を目指すことになる。

さぶ
山本周五郎

無実の罪で島流しとなった栄二。世を恨み、意固地になった彼の心を溶かしたのは、寄場の罪人たち、そして弟分のさぶがくれた、人情のぬくもりだった……成長、そして友情を巧みに描いた不朽の名作。

五瓣の椿
山本周五郎

大切な父が死んだ夜、母は浮気の最中だった。おしのは母、そして浮気相手の男たちを憎み、次々に復讐を果たしていくが、彼女自身も実は不義の子で……山本周五郎版「罪と罰」の物語。

角川文庫ベストセラー